LE TALISMAN DE FONTANGES

Kabee Grey

ISBN : 9782957426829
Droits d'auteur © Kabee GREY, 2022
Première édition : Août 2022
Dépôt légal : Août 2022

CopyrightDepot.com number – 00075600-1
(écrits, couverture, visuels)

Table des matières

PARTIE 1

LA VIE MÉTAMORPHOSÉE DE JADE

CHAPITRE 1

Cette voiture, c'était son sas de dépressurisation, un trou blanc dans un discours. S'asseoir au volant et fermer la portière comme on plonge la tête sous l'eau pour écouter le silence. Cette voiture, c'était son échappatoire.

Jade s'en serait bien grillé une, mais elle avait promis à ses gosses d'arrêter. Pour le moment, elle tenait le coup, même si l'envie la gangrenait.

Voilà dix minutes qu'elle venait de garer son monospace le long du mur de la grange. La journée de boulot avait été particulièrement éprouvante. Son supérieur hiérarchique lui en faisait baver depuis son arrivée, il y a un an. Mais elle devait avouer que, là, cet enfoiré avait magistralement enfoncé le clou. Un de plus et elle ressemblera davantage à un porc-épique qu'à une belle quadra. « Belle », un mot pour la réconforter. Voilà *belle* lurette qu'elle ne prenait plus beaucoup de temps pour elle. *Femme-maman Jade* assurait sur tous les fronts. *Femme-maman Jade* n'en pouvait plus. *Femme-maman Jade* se cachait pour pleurer, de rage, de fatigue, de désespoir. Elle ne se reconnaissait plus et détestait l'image qu'elle se renvoyait. Elle n'avait jamais failli aussi longtemps. Jade était une femme forte, qui se relevait de toutes les épreuves que le destin lui jetait sur sa route. C'est sa mère qui le lui rappelait constamment. C'était forcément vrai. Jade n'avait jamais eu une vie très facile. Mais là…, elle avait vraiment besoin de repos. Elle se démènerait pour remonter la pente à tout prix. *« Demain, je téléphonerai au doc. Il va bien me donner un petit truc pour que je puisse dormir. Au moins ça. Dormir. »*, songea-t-elle.

Jade souffla, cherchant à évacuer la tension due au mépris que son boss avait déversé sur elle quelques minutes plus tôt. Comment avait-il dit déjà ? *« Je suis en train de vous aménager une belle salle de classe pour accueillir 35 élèves, ce n'est pas pour vous dédoubler les effectifs ! »* Quel connard ! Une belle salle de classe ! Aussi belle qu'elle ! Délabrée, aux vents ouverte, abandonnée. Ça, c'est une description plus juste ! Pourquoi sa matière était-elle la seule à ne pas bénéficier des heures de dédoublement ? Si ce n'était que dans le but de la faire chier ! *Connard !*

Non. Elle n'aimait décidément pas la femme grossière et aigrie qu'elle était devenue. Jade expira de plus belle et frotta son visage.

Maintenant, il s'agissait d'affronter autre chose : son quotidien familial.

Elle se résolut à sortir de la voiture et remonter la côte jusqu'au portail de sa demeure. À peine fut-elle dans son jardin, qu'elle entendit les pleurs des enfants. Jade savait pertinemment ce qui l'attendait : un mari qui se laisse volontairement déborder par les devoirs des gamins pour justifier une fuite hors de la maison ; des gamins qui – ayant bien pigé le fonctionnement – l'imploreront de faire les devoirs avec elle. Ensuite, elle s'occupera du repas. Son conjoint rentrera pour mettre les pieds sous la table, se vautrera sur le canapé tandis qu'elle ira coucher les enfants. Bref! sa journée ne s'arrêterait vraiment qu'à 21 h, si tout roulait bien (ce qui arrivait rarement), voire 22 h 30 quand les gosses s'écrouleraient de fatigue après avoir lutté contre eux. Tout ça pour quoi? Pour reprendre cette routine minable à 6 h le lendemain et subir les abus d'autorité d'un supérieur hiérarchique misogyne. Quelle vie!

Elle arpentait l'allée telle une limace. Les pleurs se faisaient plus insistants, comme si les enfants la sentaient approcher. Son cœur se pinça. Jade adorait ses mômes, mais elle espérait bénéficier d'un répit. Manifestement, ce ne serait toujours pas pour ce soir.

La jeune femme inspira profondément avant de pousser la porte et d'entrer en scène.

— Bonsoir, mes amours! lança-t-elle sur un ton simulant la joie.

— Maman!!

Quel spectacle! Tous les trois concouraient à celui qui verserait le plus de larmes ou qui serait le plus convaincant pour gagner ses faveurs en premier. Assis autour de la table de la salle à manger, les cahiers ouverts sous leurs nez baveux, stylo dans des mains tremblantes, ils l'observaient de leurs yeux rougis. Max se tenait debout derrière eux, l'air exténué. Comme à chaque fois, c'est lui qui décrochait la palme d'or du meilleur comédien.

— Bonsoir chérie. Je n'en peux plus! Voilà des heures (il voulait dire 1 heure à tout casser) que je suis sur les devoirs avec eux et c'est l'Enfer! Ils n'en font qu'à leur tête!

Et moi? Que devrais-je dire? J'ai traîné des boulets d'ado toute la journée pour tenter de les rendre moins cons une fois parachutés dans une vie de merde ; mon enfoiré de pro a découvert la meilleure façon d'avoir ma peau et toi, mon cher mari qui ne travaille pas parce que tu préfères te faire entretenir par une femme, tu trouves le moyen de te plaindre de nos gosses que tu emmènes à l'école à 8 h 30 (quand ce n'est pas moi qui les dépose) et va les chercher à 16 h 30 (quand ce n'est pas moi qui les récupère), bref ! des mômes que tu ne vois que les soirs et les week-ends ! Et pourtant, tu joues les fatigués alors que grosso modo tu fais quoi ? Remplir et vider le lave-vaisselle, faire une lessive de temps en temps et entasser le linge propre en attendant que je le plie. Et c'est tout ! Ah si ! J'oubliais : couper du bois. Ta seule compétence, apparemment.

— Accordez-moi cinq minutes, négocia-t-elle.

Jade rangea ses sacs dans son bureau, se déchaussa et avala un grand verre d'eau. Max franchissait déjà la porte.

— Tu vas faire quoi ?

— Couper du bois. Je n'en ai pas pour longtemps. Ne t'en fais pas, ma chérie, je serai de retour dans une demi-heure pour préparer le repas.

Évidemment, c'était un mensonge. Il ne pointerait sa dégaine que dans une ou deux heures en prétextant ne pas avoir vu les heures passer. C'était si coutumier chez lui !

Bizarrement, les larmes avaient séché et les disputes commencèrent.

— Non ! C'est d'abord moi ! C'est plus long !

— C'est toujours toi en premier !

— C'est maman qui dira !

— Maman !!! hurlèrent-ils de concert.

— Vous savez que je vous entends, je suis juste à côté, grimaça Jade en bouchant une oreille de sa main libre.

Elle posa son verre sur le plan de travail. Jade s'épatait de garder son calme, mais ça ne durerait pas. Un battement de cils plus tard, la situation dégénéra :

— C'est pas comme ça que la maîtresse a dit de faire ! protesta Léo en arrachant le cahier des doigts de sa mère. Tu sais pas, toi !

— À moi alors, maintenant ! claironna Louise.

— Non ! À moi ! Toi, elle t'a déjà aidée ! contesta Emma.

— Oui, mais moi j'en ai pas pour longtemps !

— Tu dis toujours ça !

— Maman ? Je comprends pas, maugréa Léo.

Jade ferma les paupières, rêvant d'un autre monde, d'une autre vie, d'une petite accalmie. Elle ouvrit les yeux sur la pendule qui la rappela à l'ordre. « 19 h ! 19 h ! 19 h ! Prépare le dîner ! »

— Louise, que te reste-t-il à faire ?

La gamine braqua ses pupilles triomphantes sur sa sœur cadette qui lui répondit en tirant la langue.

Ce fut torché en cinq minutes. Jade y avait mis du sien. Bon sang ! C'était quoi aussi ces instits qui donnaient une tonne de devoirs à des élèves de primaires ? Elles fichaient quoi en cours, sans déconner ! Ses enfants avaient de la veine d'avoir des parents – enfin, une mère –, pour les épauler dans ces tâches, mais qu'en était-il des bambins qui n'avaient pas cette chance ? Et depuis quand se préoccupait-elle des autres ? Zut, quoi ! Elle avait déjà suffisamment à faire sous son toit !

Jade se leva, agacée.

— Maman !! râla Léo. Et moi ? Je comprends pas !
Il faut que tu m'aides !

— Petit tortionnaire, je vais juste à la cuisine. Il te
sera impossible de me rater.

— Oui, mais moi, je veux que tu sois à côté de moi.
Je vais pas y arriver sinon.

— Fini ! s'exclama Emma.

— Déjà ? dit Louise, boudeuse.

Jade s'efforça de maintenir son esprit braqué sur
les casseroles qu'elle sortait des placards, histoire de
garder saines toutes ses facultés cognitives. Mais les
hurlements de ses gosses parvinrent à transpercer la
membrane de ce voile protecteur. La jeune femme n'y
tint plus. Ils l'épuisaient. Son mari l'épuisait, son boulot
l'épuisait. Si seulement elle pouvait se mettre au volant
de son monospace et avaler les kilomètres vers une
destination inconnue. Non ! Vers la Bretagne ! *Le rêve,
on a dit !* La Bretagne était son Eldorado à elle. Un jour,
Jade y vivrait, peu importe ce que sa famille en pensait.
Elle dénicherait une jolie bicoque couverte d'un toit en
ardoises, avec de beaux murs de pierres ocre, des volets
bleus, où des bacs fleuris orneraient les balcons. Elle
respirerait l'odeur de l'iode en se levant le matin et ferait
de longues promenades au bord des falaises ou le long
de la côte de granit rose. Oui, elle choisirait cet endroit.
Ou encore le petit port de Dinan. Elle adorait Dinan. Peu
importe où au final, mais en Bretagne. Elle s'y sentait
chez elle chaque fois qu'ils y partaient en vacances.

— Ma-man ! Ma-man !

On tirait sur sa manche, l'arrachant de cette

délectable divagation. L'eau bouillonnait dans le récipient, des gouttes venant s'écraser sur la gazinière, et Léo se tenait près d'elle, son cahier dans la main. Retour à la réalité.

— Faut que tu m'aideeeees !

Jade s'écroula dans son lit. Bien entendu, Max était rentré la bouche en cœur, glissant les pieds sous la table en s'épanchant sur la dureté de son quotidien ; les gamins s'étaient chamaillés pour savoir qui se placerait à côté de maman. *« Je n'ai que 4 côtés, avait-elle expliqué, le premier est pris par la table, le second par le dossier, le troisième par votre père, et vous ne pouvez manifestement pas être tous les 3 sur le quatrième. »* Pour y couper court, elle avait décidé de déménager pour s'asseoir au bout. Bien sûr, Max avait protesté comme un ado. Plus tard, il s'était avachi devant la télé tandis qu'elle couchait les enfants ; elle fit la police plus d'une fois en usant de tous les subterfuges, le dernier étant les menaces.

Là, allongée sur son lit, Jade écoutait le silence relatif. Elle en profitait tant que son mari ne la rejoignait pas, car la suite serait un concert de machines agricoles qui morcelleraient sa nuit.

Elle dressa le bilan, comme chaque soir, sur sa condition de femme et de mère. Elle ne se trouvait jamais à la hauteur. Elle déplorait de ne pas être à cent pour cent pour ses enfants. Elle maudissait le fait que sa fatigue émotionnelle et physique prenne le dessus au point d'être acculée à proférer des menaces plutôt que de poursuivre les négociations. Elle blâmait Max de ne pas suffisamment l'aider dans les tâches quotidiennes et de toujours s'arranger pour fuir ses obligations. Elle en arrivait à le détester de se plaindre sur ses misérables contraintes alors qu'elle abattait un travail de titan et que ses journées à elle duraient seize heures ! Des milliers de fois, elle aurait voulu hurler « STOP ! » pour que tout s'arrête, ne serait-ce qu'une pincée de minutes, juste le temps de souffler un peu.

Mais demain, elle verra son médecin et tout s'arrangera.

Max entra dans la chambre, s'affala sur le matelas. Cinq minutes plus tard, il ronflait comme un bienheureux. Jade savait d'avance que sa nuit serait courte. Elle l'enviait tellement de pouvoir s'endormir sur commande sans que rien autour vienne parasiter son sommeil.

CHAPITRE 2

Le docteur Rolzen l'avait patiemment écoutée. À présent, il dévisageait Jade, les mains croisées sous son menton. La jeune femme guettait son verdict.

— Qu'attendez-vous de moi au juste ?

La question surprit Jade. Elle se cala sur son siège, mal à l'aise.

— Eh bien…, euh… ce que j'aimerais, c'est pouvoir dormir. Récupérer suffisamment d'énergie pour affronter mes journées.

C'était évident, pourtant ! Une petite prescription d'un somnifère ou autre machin-chose, peu importait, pourvu que ça l'aida à se reposer au moins la nuit ! Le médecin prit un air peu rassurant. La jeune femme pressentit que la situation n'abonderait pas dans son sens.

— Jade, débuta le docteur Rolzen, est-ce que vous vous rendez compte de ce que vous venez de me dépeindre ?

Quelle drôle de question ! Elle vivait ces situations, elle n'avait rien inventé !

— Ce que vous me décrivez, Jade, c'est un burn-out.

La jeune femme écarquilla les yeux. Comment ça un « burn-out » ? Elle ?! Il se trompait forcément ! Jamais elle n'avait fait de burn-out. Elle était juste fatiguée, c'est tout. Elle n'était certainement pas la première à vivre ce genre de situation.

— Vous êtes épuisée par votre travail, votre vie de famille. Vous m'expliquez que vous pleurez.

Elle avait dit ça ? Zut ! Oui, bon, c'est exact, ça lui arrivait de pleurer. Mais c'était tout bonnement de la fatigue… Elle avait souhaité quitter son job plus d'une fois, certes. Elle avait même songé au divorce au point de se renseigner sur les types de séparations qui pouvaient exister, c'est vrai. Mais c'était sous le coup des émotions. C'était juste un chouillat plus intense en ce moment, c'est tout. Rien de bien méchant. Grand Dieu ! Elle faisait réellement un burn-out !! Mais pourquoi diable l'avait-il remarqué, lui ? Personne ne décelait jamais rien chez elle, d'habitude.

— Un simple somnifère ne suffira pas, poursuivit-il comme s'il lisait dans ses pensées. Votre état nécessite un arrêt.

L'arrêter ! Mais il n'y songeait pas ! Ce n'était pas possible ! Ses élèves lui en voudraient. Ses collègues lui en voudraient. Son supérieur hiérarchique lui tomberait dessus comme un molosse sur un bout de gras. Et son mari ? Ben, son mari se délesterait davantage sur elle.

— Je crois que vous ne vous rendez pas bien compte, Jade, de la pression que vous avez sur les épaules. En fait, *tout* repose sur vos épaules. Vous vous écroulez, *tout* s'écroule. Vous comprenez ?

Malheureusement…

— Vous avez le droit de faiblir, vous avez le droit de ne pas y arriver. Et pour remonter la pente, pour vous en sortir, vous devez stopper cette déroute. Cela devient vital. Vous devez absolument relativiser. Vous vous en foutez de votre boulot ! L'important, c'est vous et votre famille, vos enfants.

Évidemment… Présenté comme ça…

— Je vais vous arrêter un mois.

— Un mois ! Mais… je n'ai jamais été arrêtée autant de temps ! Et encore moins pour un coup de fatigue !

La voix de Jade dérailla. Elle réalisa combien la pression du boulot était forte, tout comme le « qu'en dira-t-on ». Ses jambes tremblèrent et la jeune femme suffoqua. Le docteur Rolzen changea son fusil d'épaule :

— Je vois. Nous commencerons par quinze jours, et si vous en avez besoin de davantage, vous reviendrez vers moi. Je vais vous prescrire également un anxiolytique léger, histoire de vous aider à décompresser. Prenez du temps pour vous, pour réfléchir, pour vous pencher sur vous-même. Lisez, faites des balades, jardinez… Le mot d'ordre est : pensez à vous. C'est compris, Jade ?

La jeune femme opina de la tête. Elle avait débarqué dans le cabinet médical, éreintée, elle en ressortait en panique totale, noyée sous les remords et la culpabilité.

Jade arpenta les rues piétonnes, avec du temps à gaspiller. Comment rentabiliser toutes ces journées libres qui s'offraient à elle ? Comment réfléchir sur son cas pour se rétablir ? Elle ne le savait pas. Jade avait toujours vécu à cent à l'heure ; avoir le droit de s'ennuyer ne faisait pas partie de ses habitudes.

Quand elle grimpa dans son monospace, la jeune

femme n'y retrouva plus la même ambiance. Son cocon était, lui aussi, en stand-by. Parti en vacances ? Sa voiture en avait-elle eu marre de la déprime de sa propriétaire ? Jade soupira.

Lorsqu'elle poussa la porte de sa demeure, son époux vint l'accueillir.

— Alors, ma chérie ?

— Je suis arrêtée quinze jours.

Le visage de l'homme s'illumina. Jade en connaissait la raison. Ainsi, Max pourrait vaquer à ses pseudos occupations et à elle la corvée H24 des gosses et de la maison. À chacune de ses grossesses, son mari avait eu le même regard, la même satisfaction. Parce que Jade en avait profité pour tester plein de petits plats, elle s'était chargée de son intérieur plus que de raison. Elle avait été hyper active (pour changer). Mais c'étaient des moments heureux. Là, Jade n'était pas dans cet état d'esprit.

— C'est bien ! Les enfants vont être contents de te voir quand tu iras les chercher tout à l'heure. Et tu vas nous préparer de bons gâteaux, jubila-t-il.

Alors, Jade s'effondra. Elle pleura sans qu'elle ait invité ces foutues larmes. Elle se laissa choir sur la première marche de l'escalier qui montait aux chambres et vida son sac.

— Je n'en peux plus, se plaignit-elle, je suis si fatiguée.

Max s'approcha de son épouse et s'accroupit devant elle.

— Tu peux aller faire une sieste avant de récupérer les enfants. Ça va te faire le plus grand bien.

— Tu ne comprends pas, dit Jade sans hausser le

ton, ce qui la surprit.

En effet, le regard globuleux de Max en disait long. Elle se demanda s'il ne remarquait vraiment rien ou s'il préférait se voiler la face. Suivant chacune de leurs engueulades, son époux se comportait comme si aucune dispute n'avait eu lieu, ce qui agaçait prodigieusement Jade. Ainsi, Max s'appuyait constamment sur le fait qu'une fois la tempête passée, tout serait oublié. Elle regarda durement son mari.

— J'en ai marre de tout gérer. Je n'ai aucun répit. Je suis blindée niveau boulot, avec un salopard de supérieur qui fait tout pour me pourrir la vie. Et quand je rentre, alors que je pourrais souffler un peu, tu te barres ! Je rentre du travail et je dois m'occuper des devoirs, préparer à manger, coucher les gosses. Le week-end, c'est moi qui les emmène pour leurs activités, je me tape les courses ! Il me reste le dimanche pour monter mes séquences. Au lieu de ça, c'est le ménage, les leçons et la bouffe qui m'attendent ! Je n'en peux plus, Max !

L'homme pinça ses lèvres et baissa les yeux. Jade poursuivit :

— Je n'arrête pas de tirer la sonnette d'alarme !

« Quand je suis tombée enceinte d'Emma, tu t'étais engagé à trouver un travail.

— Je sais…

— Cela fait cinq ans !

— Je te jure que je vais m'y mettre.

— Voilà des années que tu me sers ces promesses et elles ne se concrétisent pas !

Max saisit la main de sa femme pour montrer son soutien, mais pour Jade, ce contact eut un goût artificiel.

Elle prit sa respiration.

— J'ai envie de tout foutre en l'air. J'ai envie d'abandonner mon travail.

« Je suis prête à rompre.

Cette menace, Max l'avait entendue quelques fois. Il afficha une mine de chien battu, pensant que cela fonctionnerait, comme jadis.

— Je me suis renseignée sur les types de divorces qui existent.

Le visage de Max se décomposa à mesure que Jade les énumérait. En l'occurrence, c'était du sérieux. Jamais il n'aurait imaginé que sa femme irait jusque-là. Il fut pris de panique à son tour. Il patienta que son épouse termine, avant de lui répondre.

— Je comprends. Cette fois-ci, je comprends. Je suis tellement désolé. Je te promets que, dès demain, je ferai le nécessaire. Je m'y engage. Demain, je m'inscrirai dans toutes les boîtes d'intérim.

Jade leva sur lui des yeux incrédules.

— Je te le jure, ma chérie.

« Je t'aime tant.

Jade ne répondit pas. C'était au-dessus de ses forces.

CHAPITRE 3

La journée s'illuminait d'un beau ciel azur qui, contrairement à ce que Jade imaginait, embauma son cœur. Elle était seule. Contre toute attente, Max avait commencé à mettre à exécution sa grande résolution et s'était rendu en ville écumer les agences d'emploi après avoir déposé les enfants à l'école. Jade décida de s'atteler au jardin. D'abord, elle binerait autour des arbustes et arracherait les mauvaises herbes. Ses plantes la remercieraient pour ce renouveau. Si elle avait un moment, elle planterait des bulbes de tulipes près de la terrasse, sinon elle le ferait demain. Finalement, avoir du temps devant soi, sans se soucier d'un planning, ce n'était pas si mal. Et ce qu'elle apprécia par-dessus tout : le silence. Ou presque. Juste le gazouillement des oiseaux, les battements d'ailes des insectes et le vent dans les feuillages qui lui donnaient l'illusion d'être au bord de l'océan.

À genoux devant son rhododendron, Jade griffait la terre et tirait sur les touffes d'égopodes et de plantains pour les mettre au compost. Tandis qu'elle coupait les racines avec sa serfouette, la lame s'enfonça dans une flaque boueuse qui lui éclata à la figure. De l'eau ruisselait en continu. Jade tourna la tête et repéra le point de départ de ce désastre.

— Bordel… grommela-t-elle.

La cave du jardin du haut était de nouveau inondée. Si Max s'y était attelé comme promis, le problème aurait été réglé. Manifestement, il avait oublié.

Armée de ses bottes en caoutchouc, Jade pataugea dans le sol bourbeux du cellier et aperçut une résurgence vers le mur du fond. Elle grimaça.

— On repassera pour la tranquillité, se lamenta-t-elle, en plongeant ses mains gantées dans le remous vaseux.

D'où provenait toute cette eau ? Ils vivaient aux abords d'une ancienne carrière de granit, les rochers et les cailloux étaient monnaie courante. Serait-elle tombée sur une source ? Cherchant à tâtons l'origine de cette fuite, Jade n'y voyait rien. Elle décida de creuser une courte tranchée pour évacuer le limon quand la lame de son rayonnoir percuta quelque chose de dur. Les ondes du choc vibrèrent dans sa main. La jeune femme dégagea la boue avec ses doigts pour dévoiler le malotru. Quelle ne fut pas sa surprise en découvrant qu'elle venait de heurter un petit coffre !

Leur maison provenait de l'héritage d'une tante que Max n'avait jamais vue. Riche comme Crésus, cette femme avait vécu de l'autre côté de la Manche. Sa fortune s'était principalement bâtie sur l'immobilier puisqu'elle avait possédé plusieurs manoirs, quelques magasins et même un musée ! À l'époque de son décès, Jade et son mari cherchaient un petit nid douillet, loin du tumulte de la ville. Pour sa part, Max ne réclama que cette modeste maison. Sans intérêt pour le reste de sa famille, il n'eut aucun mal à l'obtenir, à condition de renoncer à sa soulte. Mais il n'en avait eu cure. Cette résidence lui convenait parfaitement. Ah ça ! pour être tranquilles, ils l'étaient ! Perdus en plein cœur d'une forêt, avec le premier voisin à près d'une dizaine de kilomètres. Mais Jade adorait cette demeure. Elle représentait pour elle sa soupape après le boulot (et après sa voiture).

Régulièrement, lorsqu'ils travaillaient le terrain, ils dénichaient des tessons de bouteille, de poteries, des morceaux de ferraille oxydée, mais jamais des choses d'une telle valeur. La jeune femme tira sur la poignée dont la cassette était munie. Le coffre paraissait intact. Le temps ne semblait pas avoir eu d'emprise sur lui. Aucun point de rouille. C'était bluffant. Jade nettoya rapidement l'objet, puis s'assit sur une chaise de jardin qui traînait dans un coin. Le posant sur ses genoux, elle ôta ses gants. Pas de serrure à crocheter, elle souleva le couvercle sans difficulté. L'intérieur n'avait pas souffert des assauts de la vase. Quelque chose était enveloppé dans une petite pochette en cuir. Elle soupesa l'étui vieilli et déballa son contenu. Les yeux de Jade s'arrondirent devant la beauté du trésor qu'il renfermait. Elle fit glisser dans sa main un collier semblable à une montre à gousset, sans couronne de remontoir et qui ne s'ouvre pas. Sculpté dans ce qui s'apparentait à de l'or blanc, le bijou arborait des signes celtiques et emprisonnait une améthyste ronde en son centre. Hypnotisée, Jade caressa le lourd médaillon qui recouvrait la paume de sa main. Il paraissait aussi ancien que la cassette. Il avait probablement appartenu à cette grand-tante. Pourtant, personne ne pouvait affirmer que cette vieille femme avait séjourné dans cet endroit. De mémoire, elle n'avait foulé le sol d'aucune de ses résidences. La grand-tante avait vécu le plus clair de son temps dans ses hôtels. Et pourquoi enterrer une telle merveille ? Jade en oublia instantanément sa besogne, glissa le collier autour de son cou et regagna sa maison avec son trésor.

Elle passa le reste de l'après-midi à chercher des indices sur le coffre. Quand Max rentra, il trouva sa femme, studieuse, plongée sur son écran d'ordinateur.

— Ne me dis pas que tu travailles en tenue de camouflage, gronda-t-il gentiment.

— Hein ? lança Jade en fronçant le nez.

— Tu as de la terre sur le front, remarqua-t-il en pointant le sien.

Sans lever la tête de son P.C., Jade s'essuya rapidement.

— Ça y est ! Je viens d'écumer toutes les boîtes d'intérim de la ville ! Ils m'ont dit que, vu mes qualifications, je n'aurai aucun mal à être embauché.

Devant le mutisme de son épouse, Max s'approcha d'elle, saisit les accotoirs et fit pivoter le fauteuil vers lui.

— Mais… protesta Jade.

— Chérie, tu as entendu ce que je t'ai raconté ? Je vais très vite trouver du boulot !

La jeune femme le dévisagea, l'air hagard.

— Cette fois-ci, j'ai compris le message, poursuivit-il. Je ne veux pas que tu me quittes et je suis vraiment désolé pour mon comportement. Je te promets que tout va changer, tu vas voir. Tu auras des actes. Plus de paroles, mais des actes. Et, regarde, ça a commencé !

Max était satisfait, Jade moins. Certes, il n'était encore jamais allé aussi loin dans ses résolutions, mais tiendrait-il le coup ? Souvent, au bout d'une quinzaine de jours, c'était plié. Tout redevenait comme avant. À chaque fois, elle voulait y croire, à chaque fois, Jade était déçue. Pour l'heure, la jeune femme avait l'esprit ailleurs.

Sur internet, Jade ne trouva aucune information concernant le coffret et le médaillon. Elle réalisa qu'elle n'en avait même pas parlé à son époux. Peut-être connaissait-il son origine ? Peut-être appartenait-il à sa tante décédée ? Mais alors, pourquoi l'avoir enfoui de la sorte ? Était-il convoité ? Ou pire ! Ce bijou provenait-il d'un cambriolage ?

Jade décida d'apporter sa trouvaille auprès d'un spécialiste.

Voilà un bon quart d'heure que cette femme au carré blond impeccable expertisait le collier dans tous les sens. Décorticage à la loupe, test à l'acide, test de l'aimant…

— Vous dites que vous n'avez pas de certificat ?

— En effet.

— Je ne distingue aucun poinçon.

Parfois, des « hmm » s'échappaient de son ultra-concentration. Jade, qui s'impatientait mais ne voulait pas paraître insolente, trompait l'ennui en admirant sans cesse les mêmes breloques dans la vitrine. Sinon, elle levait le nez pour observer les gens passer avec leurs caddies, dans le couloir de la galerie marchande.

— Il y a une chose étrange… finit par annoncer la bijoutière, plissant davantage les rides profondes de son visage.

— Oui ?

Enfin, un peu d'action !

— Une étude plus poussée serait indispensable, mais regardez attentivement.

La professionnelle tendit le médaillon. Jade se pencha, soucieuse.

— Vous voyez ? Juste là !

Avec le bout de son stylo, la commerçante pointa le centre de l'améthyste.

— Il y a quelque chose. Vous voyez ?

Non. Jade ne distinguait que les variations violettes de la pierre.

— Elle renferme une autre gemme dans son cœur.

Jade fronça les sourcils. Il lui sembla apercevoir quelque chose, en effet, mais elle aurait été incapable d'identifier avec précision ce dont il était question.

— Je ne peux être catégorique, mais pour ma part, je dirais que cette améthyste est incrustée soit d'un rubis, soit d'une rhodolite rouge. Le truc, c'est de comprendre comment c'est possible. Pour cela, je suis contrainte de démonter le médaillon.

Jade ouvrit grand les yeux. Il en était hors de question ! Elle ne s'offusqua pas pour autant. Elle récupérerait son collier et basta ! La bijoutière ne la reverrait plus jamais.

— Mouis, étrange… Et sinon, pour vous, il provient de quelle période ?

— Sans poinçon, difficile à dater avec précision. Je dirais… milieu du 18 ᵉ, voire nettement plus ancien. Je demanderai l'avis de mes collègues.

— Hmm, il a de la valeur, alors ?

— À vue de nez, vous pouvez en tirer entre deux mille cinq cents et trois mille euros.

— Tant que ça ?

« Tant que ça » était relatif. L'acheteur pourrait le revendre le double.

— Il y a autre chose.

La vieille bourgeoise intrigua Jade.

— Ce bijou me rappelle quelque chose. Je suis certaine de l'avoir déjà aperçu en photo, durant mes études. Pour vous dire si ça date ! ricana-t-elle. Pourriez-vous me le confier jusqu'à mardi ?

— Oh non, désolée, j'ai promis à mon mari de le lui rapporter aujourd'hui, mentit Jade.

— Puis-je prendre quelques clichés dans ce cas ?

La jeune femme n'y vit aucun inconvénient. Après le shooting photo du bijou, Jade le récupéra, fit quelques courses, et rentra. Elle comptait bien profiter des dernières heures qu'il lui restait avant que le raz de marée ne déferle dans la maison.

CHAPITRE 4

En à peine trois jours, Max trouva un emploi comme manutentionnaire dans une entreprise confectionnant des gâteaux chimiques pour la grande distribution. Jade aurait dû s'en réjouir, pourtant, son moral se nicha au fond de ses chaussettes. Au lieu de savourer l'instant présent, elle ne put s'empêcher de se projeter vers l'après-arrêt de travail. Les horaires de Max en étaient la raison.

— Ça va le faire, se voulut-il rassurant.

— Là, pour le moment, oui. Mais lorsque je reprendrai le boulot, on se retrouvera devant la même problématique. Non ! Pire ! Je serai contrainte de déposer les gosses tôt et de les récupérer tous les soirs à la garderie ! Je respire quand ? Et leur métabolisme, tu y as pensé ?

Jade se mordit les lèvres, consciente que son intervention n'était pas justifiée.

— Faut savoir ce que tu veux à la fin !

Elle ne répondit pas. Max avait raison. Jade doutait de connaître ce qu'elle souhaitait elle-même. Peut-être ne plus travailler, tout simplement ? Vivre aux crochets de son époux ? Et pourquoi pas ? Après tout, n'était-ce pas légitime ? Elle lui avait offert l'occasion d'être peinard durant plus de dix ans, pourquoi ne pas inverser les rôles pour les dix prochaines années ? Jade ne put s'empêcher de trouver son attitude ingrate. Pourtant, elle ne lâcha pas le morceau.

— Pourquoi ne t'ont-ils pas filé un travail dans ta branche ? protesta-t-elle.

— Jade ! Tu crois quoi ? Je leur ai dit que j'avais besoin d'un boulot urgemment ! C'est le premier qui se proposait à moi. En attendant autre chose.

— Ce n'est pas le soutien que j'espérais.

— Je le sais bien, mais j'ai paré au plus pressé. Désolé de te décevoir !

La jeune femme campa sur son mutisme. Max tenta de désamorcer la situation. Il s'approcha de son épouse.

— Ce n'est pas parce que j'ai accepté ce travail que j'ai oublié le reste.

L'homme câlina tendrement les bras de Jade. Penchant la tête légèrement sur le côté, il l'obligea à le regarder.

— J'ai compris. Je te l'ai dit. Et je t'ai promis des actes. Tu trouvais que je ne t'aidais pas suffisamment, ça va changer. Tu vas voir. Je ne pourrai pas faire les devoirs avec les gosses tous les soirs, mais je me rattraperai sur autre chose, le week-end, par exemple. Je te donne ma parole.

Il la serra contre lui. Jade accueillit cet élan d'amour avec une légère réticence ; malgré cela, elle ne le repoussa pas.

Les cinq jours suivants, une espèce de routine s'installa durant laquelle Jade s'occupait des enfants matin et soir et partageait le reste de sa journée entre le farniente, l'élaboration de ses cours et la mise en place d'un site internet pour ses élèves. Jade savait pertinemment que ces lycéens ne lui en seraient pas reconnaissants pour autant, mais ça l'aida à déculpabiliser un peu. La quinzaine s'épuisa comme un feu mal entretenu. Jade avait besoin de plus de temps. Après quelques hésitations, elle se décida à demander un rab à son médecin, qui lui accorda deux semaines de repos supplémentaires. Elle pouvait continuer à respirer.

Finalement, ne s'occuper que de ses enfants et de son intérieur la contentait. Même si elle travaillait sur ses cours, dans une certaine mesure, Jade ne ressentait pas cette pression malsaine qui la noyait dans son ancien quotidien.

Ce n'était pas idyllique, mais, pour le moment, ça lui convenait.

Tandis qu'elle s'apprêtait à prendre ses clés de voiture et fermer la maison, le téléphone sonna. Jade râla. Elle allait être en retard pour chercher ses loulous. Cela dit, le coup de fil pouvait venir de Max.

— Chérie ?

Gagné !

— Je t'appelle parce que j'ai un problème sur une machine. Je vais rentrer tard. Je suis désolé.

— Encore ?!

— Oui. C'est toujours la même qui merde, et comme ils ne veulent pas effectuer les réparations – parce que c'est trop coûteux – je suis obligé de bidouiller un bricolage de fortune.

Max ressentit la déception de sa femme.

— Je sais, chérie, c'était à mon tour de m'occuper

du dîner. Je le ferai demain et tout le week-end. Promis !
Je t'embrasse. Je dois te lai...

Le téléphone afficha un appel en attente. Jade,
excédée, ne permit pas à son époux de terminer sa
phrase et permuta aussitôt les communications.

— Madame Grinot ?

— C'est elle-même, répondit Jade avec lassitude.
Je suis désolée, je suis un peu pressée.

— Navrée de vous déranger, c'est madame
Caudillat, de la bijouterie Rêves d'Or à Guéret. Je vous
appelle à propos du médaillon que vous êtes venue faire
expertiser. J'ai du nouveau concernant sa provenance.

Cette femme suscita l'intérêt de Jade.

— Je savais bien que je l'avais déjà vu quelque
part, s'extasia la joaillière au téléphone, ces arabesques,
la taille particulière de cette améthyste et l'incrustation
d'un grenat... c'était tout à fait caractéristique du
Talisman de Fontanges, ou encore le Talisman
Deshayes.

— Un talisman ?

Jade s'assit sur l'une des chaises de la salle à
manger, son sac et ses clés toujours entre ses mains.

— C'est bien cela. Un artefact disparu depuis
presque quatre cents ans.

La jeune femme en resta bouche-bée.

— Ce bijou a une histoire vraiment spéciale. Est-
ce que l'Affaire des Poisons vous dit quelque chose ?

— Oui. Enfin, je sais que ça a un lien avec les
promises de Louis XIV, Madame de Montespan, je
crois ?

— C'est cela. Un jeu de rivalités entre les favorites
du roi. Madame de Montespan a été l'instigatrice

principale de cette affaire, sur fond de magie noire et d'occultisme. Madame de Fontanges était la dernière protégée de Louis XIV. La plus jeune aussi. Et les autres en étaient jalouses. Se sentant en danger, elle contacta Catherine Deshayes – dite La Voisin –, une sorcière et reine des filtres. La même qui instruisait la Montespan dans ses cérémonies cabalistiques.

— C'est très intéressant. Ma…

— La Voisin lui a confectionné ce talisman de protection. Cela n'a pas porté chance à notre pauvre malheureuse et son bijou disparut avec son cœur. Tous deux ont été transportés à l'abbaye de Chelles, comme la sœur de Fontanges en était la mère prieure. Cependant, seul l'organe fut retrouvé. Où avez-vous déniché ce médaillon déjà, madame Grinot ?

— Je ne pense pas vous l'avoir dit, riposta Jade. Je suis désolée, mais je dois y aller. Je suis affreusement en retard.

— Si vous l'acceptez, nous pourrions nous re…

— Au revoir, madame Caudillat !

Et Jade raccrocha.

Elle voulait des informations, pas qu'une fouineuse vienne tout retourner. Ces réponses lui convenaient à merveille. Ce bijou était très ancien, il avait appartenu à l'une des plus grandes favorites du roi Louis XIV – autrement dit : il coûtait cher. Le médaillon était supposé être un talisman de protection, qui plus est. Une plus-value ! Parfait ! Elle en avait bien besoin en ce moment. Affaire pliée !

Lorsqu'elle arriva en retard à l'école, en bonne dernière, comme une maman pleine d'ingratitude, ses enfants lui servirent une soupe à la grimace.

— Nous en avons profité pour faire les devoirs, expliqua l'assistante maternelle.

— Je suis vraiment désolée. Une nana m'a tenu le crachoir au téléphone. Je ne parvenais pas à m'en débarrasser.

— Pas de soucis, nous ne serions jamais parties en laissant tes petits ici. Quoi que…

Léo, Louise et Emma boudèrent davantage.

— Ils ont dit qu'ils resteraient avec moi ! plaisanta la femme.

Comme pour appuyer ses propos, la benjamine se planqua derrière l'ATSEM quand Jade lui tendit la main.

— Oh… Emma ! Tu ne vas pas commencer !

— T'es méchante ! Tu nous as oubliés !

— Je ne vous ai pas oubliés. C'est juste que j'étais au téléphone avec une dame.

— Et le téléphone était plus important que nous ? protesta Léo.

— Mais qu'est-ce que vous me faites, là ? C'est la première fois que j'arrive la dernière. N'exagérez pas, quand même ! Allez ! Oust ! C'est parti !

— À demain, mauvaise troupe, sourit l'assistante.

Les trois garnements traînèrent volontairement leurs pieds sur le sol caillouteux. De temps à autre, leurs cartables frottèrent malencontreusement le bitume. Jade était au bord de l'explosion. Elle toucha instinctivement le médaillon de Fontanges, espérant y puiser le calme nécessaire pour affronter ses petits monstres.

— *C'est un talisman de protection, pas la lampe d'Aladin…*

— Quoi ?

— Rien, rien, Léo. Qui a envie de goûter ?

18 h 30. Max n'était toujours pas rentré. Jade s'en serait doutée, même si elle escomptait un modeste miracle qui n'arriva pas. Ce soir-là, il ne pointa son nez qu'aux alentours de 21 h. Les enfants étaient au lit. À peine entendirent-ils leur père, qu'ils hurlèrent pour réclamer le précieux bisou. Ce fut la foire encore un bon moment, ce qui obligea Jade à se lever à plusieurs reprises tandis qu'elle poursuivait ses recherches sur l'amulette. Quand le calme s'installa enfin, elle s'attarda de nouveau sur l'ordinateur, puis Max vint se coucher, la suppliant d'éteindre toutes lumières. Tant pis, le Talisman de Fontanges attendra le lendemain.

Toute cette histoire de sorcellerie, de sortilège de protection, eut raison du sommeil de Jade. Elle rêva d'une vieille femme toute ridée qui lui postillonnait dessus en parlant, d'une améthyste qui l'aveuglait et marquait sa chair, et d'une poupée outrageusement poudrée qui hurlait : « Tu n'auras pas mon roi Soleil, salle momie ! » Jade ignorait que « momie » pouvait être une insulte.

Elle réveilla ses enfants, descendit l'escalier tel un mort-vivant, les cheveux en pétard, les paupières lourdes et non pas des valises, mais des cantines sous les yeux. Elle bugua devant le miroir, tentant de trouver la force de faire sa toilette et de s'habiller. Jade se sentait comme un panda enfilant une salopette : maladroite et pataude. Elle prépara le petit-déjeuner des marmots et faillit bien leur servir des bols remplis de poudre au chocolat, sans le lait. Oh, ce n'est pas ce qui aurait profondément ennuyé Léo, Louise et Emma, mais bon, Jade n'avait ni le temps ni la patience de régler un déluge. Un mal de crâne terrible s'abattit sur elle, accentué par les cris des gosses se disputant encore la place à côté de maman. Max débarqua dans la cuisine. Manifestement, il était en retard.

— Chérie, tu peux me sortir du pain du congélateur s'il te plaît ? Chuis à la bourre !

— Ma-maaan ! Louise a pris ma cuillère !

— C'est pas vrai ! T'es qu'une menteuse !

— Ah mince ! Mon amour, j'ai dû laisser ma gamelle dans le frigo, tu peux me la donner ?

La tête de Jade commençait à enfler comme une pastèque.

— Une minute, marchanda-t-elle.

La jeune femme essaya tant bien que mal de se préparer une tasse de thé, mais le chat débarqua dans ses jambes en miaulant. Léo – voulant éviter ses sœurs qui désormais se coursaient autour de la table – trébucha en lui écrasant les orteils. Sa douleur au crâne reprit de plus belle. À cet instant, Jade n'entendit que du brouhaha. Tous les sons se mélangèrent dans sa tête, si rapidement qu'elle fut sur le point de s'évanouir. Elle se rattrapa au bord du plan de travail de la cuisine pour ne pas tomber. Le vacarme ne cessait pas, les voix se muèrent en bruits insupportables. Elle n'en pouvait plus. Une véritable torture. Insoutenable !

— STOOOOOP !! hurla-t-elle bien malgré elle.

Ce « stop » s'était arraché de sa poitrine, comme un prisonnier criant sa joie lors d'une remise de peine. Un « stop » qui la soulagea. Un « stop » qui avait tant de fois cherché à sortir et qu'elle avait toujours réprimé. Mais pas cette fois. Non, cette fois, il s'était manifesté. Cette fois, ce « stop » avait pris la place qui lui revenait. Jade ne s'en voulait même pas. Elle pensa plutôt qu'elle était sur la voie de la guérison, car le silence, elle l'eut. Plus personne ne bronchait. Plus personne ne bougeait. Les yeux toujours fermés, Jade murmura un « merci » si sincère, que son corps se détendit d'un coup. Son mal de crâne s'estompa. Elle allait mieux. Enfin.

CHAPITRE 5

Quand Jade ouvrit les paupières, son mari et ses enfants la fixaient, interloqués. Même le chat !

— Vous êtes pénibles à crier comme ça de bon matin ! commença-t-elle. Je ne suis pas sourde et je ne m'appelle pas Shiva !

Ils ne bougeaient toujours pas d'un cil. Étonnant. Son petit coup de gueule avait eu un sacré effet ! Elle se radoucit un brin.

— Ce serait bien que chacun prenne ses responsabilités et ne compte pas tout le temps sur moi.

Leur état figé, doublé d'un silence de plomb contrastant avec le chahut quelques minutes avant, résultat : Jade eut la chair de poule.

— Vous me faites quoi, là ?

La jeune femme les observa tour à tour. Sa respiration s'accéléra.

— Vous vous êtes donné le mot ou quoi ? Vous vous êtes dit : tiens, si on faisait une farce à maman !

« Même toi !

Elle fusilla du regard le siamois, mais toujours aucune réaction.

— Vous êtes flippants… Arrêtez ça tout de suite !

Elle haleta en s'accroupissant prudemment au niveau du petit félin dont l'expression était pareille à celle de n'importe quel animal empaillé. Jade le souleva. Le chat était raide. Elle faillit le lâcher en poussant un cri.

— C'est quoi ce délire ?!

Jade s'approcha de Max. Sa bouche entrouverte, une main prête à saisir son sac à dos, le regard de son mari ne bougea pas tandis qu'elle le contournait. Elle observa ses enfants, idem. Ils étaient tous semblables à des statues. Elle n'y avait pas prêté attention auparavant, mais leurs vêtements tenaient une position anormale. Comme s'ils s'étaient durcis en plein mouvement. Techniquement, c'était impossible, bien sûr. Et ce silence !

La panique gagna Jade. Il lui fallait sortir de cette hallucination à tout prix. Comme beaucoup, elle avait lu que se pincer permettait de se réveiller. Au bord de l'apoplexie, c'est ce qu'elle tenta. Elle griffa fortement la peau de ses bras, ses jambes, se distribua quelques claques. Rien n'y fit, Jade était coincée dans cette illusion. Elle s'effondra, entre larmes et hurlements. Une vraie dingo ! Son médecin avait eu raison de l'arrêter, finalement. Elle n'était plus capable d'avoir des pensées rationnelles.

Elle s'aventura à l'extérieur. Le spectacle qui s'offrit à elle ne la rassura pas davantage. Des oiseaux, des papillons, des abeilles étaient suspendus en plein vol. Toute la flore semblait pétrifiée. Jade passa sa main sur les branches de l'hortensia. Par chance, les fleurs et les feuilles bougèrent, mais elles reprirent instinctivement leurs postures figées, comme des mèches de cheveux disciplinées sous une tonne de gel. La jeune femme se dirigea vers un rouge-gorge statufié au-dessus de sa tête. Elle le saisit délicatement entre ses doigts et le fit pivoter. L'oiseau ne tomba pas et garda la nouvelle position que Jade lui avait donnée. Tout ça ne pouvait pas être vrai ! Elle revint auprès de sa famille, tira une chaise et s'assit face à eux. Le calme était tellement oppressant, que, pour tuer le stress qui l'envahissait, Jade se parla à voix haute :

— Je sais. Je sais…

Ses jambes tremblèrent nerveusement.

— Je voulais la paix et je l'ai. Je rêvais d'une vie plus sereine, ça devient cauchemardesque. En gros, méfie-toi de ce que tu souhaites, Jade.

Elle se redressa d'un coup.

— Le médicament ! Ce sont peut-être les conséquences de ce médicament !

Elle fouilla le pochon en papier où se trouvait la boîte de Lysanxia, puis déplia la notice, direction : les effets indésirables neuropsychiatriques.

- *Troubles de mémoire...,* hmm…
- *Troubles du comportement* (elle tiqua), *modifications de la Conscience* (elle tiqua une nouvelle fois), *irritabilité, agressivité, agitation...,* hmm… non.
- *Dépendance phys'...,* non…
- *Sensation d'ivresse, maux de tête, difficulté à coordonner certains mouvements, confusion, baisse de vigilance, somnolence (en particulier chez la personne âgée), cauchemars...*

— Cauchemars ?!   s'étrangla-t-elle.   Et « modifications de la conscience ». C'est forcément ça ! Je suis en train de dormir et je suis en plein délire. J'ai peut-être de la fièvre… dit-elle en tâtant son front.

Jade tourna sur elle-même. Elle revint vers ses enfants et passa sa main devant leur nez. Aucune respiration. Elle était bien la seule chose qui restait vivante en ces lieux. Une visiteuse dans le musée de Madame Tussaud. Là, c'était certain, elle rêvait (ou délirait, c'était selon) ! Que faire pour se réveiller ? Peut-être qu'en regagnant son lit… ? C'est ce qu'elle tenta. Le craquement du bois sous ses pas se révéla aussi assourdissant qu'en pleine nuit. Une fois allongée, elle eut du mal à se détendre, mais les effets du Lysanxia n'étant pas totalement dissipés, ils eurent bientôt raison d'elle.

Quand Jade rouvrit les paupières, elle eut le sentiment d'avoir la tête plongée dans une baignoire bourrée de coton. Elle regarda instinctivement son téléphone portable. Celui-ci affichait 7 h 46. Elle fronça des yeux et se tourna vers le réveil de Max. Toujours 7 h 46. Son mari n'était plus au lit. Pas un bruit. Les gosses dormaient encore. Elle fut surprise de constater que juste le rideau de la fenêtre avait été tiré. Avait-elle oublié de fermer les volets hier soir ? Qu'importe. Elle s'avança pour le replier, puis tomba nez à nez avec un frelon de la taille de son pouce. Jade poussa un cri. Elle détestait ces bestioles plus que tout ! S'étant déjà fait piquer auparavant, elle en gardait un souvenir très amer et en avait une peur bleue. Sauf que celui-ci ne cillait pas d'une aile. Aucun bourdonnement. Elle aurait pu lui envoyer une pichenette sans craindre quoi que ce soit. Jade tituba en arrière et tomba sur le matelas. Tout lui revint en mémoire : ses enfants, son mari, son chat statufiés au rez-de-chaussée, l'oiseau dont elle avait modifié le plan de vol. Jade était toujours dans ce maudit cauchemar !

La boule au ventre, elle descendit l'escalier. Comme elle le craignait, sa famille n'avait pas changé de position, conservant leurs mines ahuries. Jade partit dans un fou rire nerveux. La situation était ubuesque. Elle, *femme-maman* au bord de l'implosion, placée en congé, car noyée par ses obligations, se retrouvait désormais la seule conscience dans un monde à l'arrêt. Ce n'était pas tout à fait ce qu'elle avait imaginé comme repos. De toute évidence, elle ne se trouvait pas dans un rêve, comme elle l'avait cru. Jade le comprit grâce à ce qu'elle ressentait. Les odeurs, les sensations de l'air sur sa peau ou de ce qu'elle touchait. Tout ça était bien réel.

Pour reprendre un peu ses esprits, Jade voulut se servir un verre au robinet, mais l'eau ne coula pas. Toute vie avait-elle donc cessé ? Les larmes la submergèrent une nouvelle fois. « Ce n'est pas bien malin ! » se raisonna-t-elle en s'essuyant les yeux. Elle ouvrit le frigo et en extirpa une brique de jus de pommes bien fraîche. Tremblant, elle reposa le pack sur le plan de travail. La situation exigeait calme et réflexion. Marchant de long en large dans la cuisine, Jade tenta de passer en revue les évènements. Elle préparait le petit-déjeuner des enfants quand Louise et Emma se disputaient une cuillère. Max lui avait réclamé du pain et sa lunch box. Puis, Léo lui avait écrasé le pied ! Elle ôta son chausson. Trois de ses orteils rougis furent douloureux lorsqu'elle les toucha. Ça aussi, c'était bien réel. Elle avait eu mal. Jade dévissa le bouchon du jus de pommes et pencha la brique lourde, attendant que le liquide se verse. Rien ne se produisit. Revenant à ses pensées, elle se souvint que le chat s'en était mêlé, et qu'elle avait crié. C'était ça ! À bout de nerfs, Jade avait crié. Et c'était là que tout avait changé. Qu'avait-elle crié déjà ?

— Stop, murmura-t-elle pour elle-même.

Aussitôt, le nectar coula à flots, les cris des enfants, les plaintes du mari, les miaulements du félin combinés aux tic-tac de la pendule et à la sonnerie du four à micro-ondes se jetèrent sur Jade, comme la mafia sur une cible. La vie venait de reprendre, d'un coup, plus agressive que jamais. Jade étudia ce manège, sidérée. Max la dévisageait également.

— Attends une minute… Tu étais là et maintenant tu es là, nota ce dernier en montrant les différents endroits éloignés d'un bon mètre. Comment ça se fait ? J'ai raté un truc ?

Mais Jade fut incapable de lui répondre. Il ne la croirait pas. De toute façon, elle ne se trouvait pas très saine d'esprit non plus.

— Pardon, chéri ? feignit-elle, ta gamelle est au frigo ? Je te la donne tout de suite !

— Je n'suis pas fou quand même !

— Mais non, mon amour, c'est juste que tu n'as pas fait attention, tu es tellement absorbé par ton retard.

— Oh bon sang ! Quelle heure est-il ? 7 h 48 ! Chuis à la bourre ! À ce soir mon cœur ! Passe une bonne journée !

Il écrasa rapidement un baiser sur ses lèvres et s'éclipsa.

Les enfants et le chat ne semblaient pas avoir remarqué de différences. Ils continuaient d'agir comme à leur habitude. Le siamois se frottait à ses jambes pour réclamer un supplément, les filles se chamaillaient et Léo… Léo la reluquait étrangement.

— Qu'est-ce qu'il y a, mon chéri ?

Son regard se durcit, puis le garçon glissa ses yeux jusqu'à la poitrine de sa mère.

— Tu l'as eu où ?

— De quoi ?

Jade porta sa main sur son torse. Elle avait totalement zappé le collier de Fontanges.

— Oh, ça ? C'est un médaillon. Je l'ai trouvé dans un coffret enterré dans la cave.

Léo fronça les sourcils. Il ne la croyait probablement pas. Rien d'étonnant. Seuls les pirates déterrent les coffres.

— Allez, mon grand, termine de petit-déjeuner, sans quoi nous allons être en retard nous aussi.

Tout en conduisant, Jade ne cessa de méditer sur cet épisode étrange. À mesure qu'elle avançait dans ses raisonnements, elle se persuadait qu'il avait un lien avec l'artefact qu'elle portait autour du cou. Un talisman de protection, avait dit la bijoutière. Et si se soustraire au temps signifiait se prémunir ? Après tout, avoir des moments pour soi n'a jamais fait de mal à personne, hein ? D'abord, il convenait de s'assurer que ce sortilège émanait bien du collier. Et pour ça, qu'une seule solution : renouveler l'expérience. Bien. Mais si l'instant restait bloqué à jamais ? Et si finalement elle se retrouvait isolée dans ce monde ? Eh oui ! Parce qu'elle devait y penser à ça aussi ! Est-ce que le risque en valait la chandelle ? Elle connaissait le mot magique, c'était déjà un atout. Et il fonctionnait dans les deux sens.

Enfin… s'il s'agissait bien de ce mot-là… Le cœur de Jade tambourina fort dans sa poitrine. Elle mourait d'envie d'essayer à nouveau, mais sa conscience lui criait : « Méfiance ! » Cependant, elle entrevit les nombreux avantages dont elle en tirerait. Par exemple, quand son supérieur lui pomperait l'air, elle n'aurait qu'à dire « stop » et quitter la pièce. Durant les courses, si un crétin monopolisait la file d'attente à la caisse, elle le délogerait au bout de la rangée et prendrait sa place ! Jade jubila à ces idées. Les élèves ne voulaient pas bosser ? Hop ! un p'tit « stop » et tu irais te servir un thé, le temps de récupérer ton souffle. Elle pouffa.

Jade accompagna Louise, Emma et Léo jusqu'au portail de la cour d'école. Le garçon n'avait visiblement pas le moral puisqu'il s'éloigna sans exprimer un au revoir.

— Léo ? (Mais il ne réagissait pas.) Stop !

Jade n'avait pas eu l'intention de prononcer ce mot, du moins, pas totalement. Disons que la barrière de ses lèvres ne fut pas très efficace. Les cris des enfants cessèrent brusquement, tout comme le bruissement des feuilles des platanes. Les écoliers, les enseignantes et les parents présents se tenaient immobiles. Ça recommençait. La jeune femme caressa le médaillon.

— Stop… murmura Jade.

Léo se retourna, adynamique. Il leva les yeux sur sa mère et attendit. Les hurlements enfantins rebondissaient sur les murs de la cour de récréation. Léo la fixait toujours.

— Stop.

À nouveau, ce fut le silence et la solitude (Jade tourna sur elle-même), de toutes parts. Ainsi, elle pouvait donner des ordres au temps sur commande, comme Chronos. À la différence qu'elle ne dévorerait pas ses rejetons. Elle revint face à son fils.

— Stop.

Léo la dévisageait, la colère se lisant sur son visage.

— Maman !

Jade cligna des paupières.

— Tu as oublié mon bisou, sourit-elle.

Léo grimaça. Méfiant, il s'approcha doucement de sa mère. Jade se pencha et le garçon l'embrassa furtivement avant de rejoindre ses camarades.

CHAPITRE 6

Jade avait un plan d'attaque ! Elle récapitula toutes ses connaissances en la matière : « stop » était le mot magique pour on/off. Elle pouvait déplacer des oiseaux et des chats, elle tenterait avec des « choses » plus lourdes. Pourquoi pas des gens ? L'eau qui coule et la flore se statufiaient, elles aussi. En bref, tout ce qui vivait. Mais les liquides en bouteille pouvaient se boire, d'une certaine manière. C'était un bon point. Grande question : pouvait-elle actionner les machines ?

Jade passa sa matinée à lister les expériences qu'elle souhaitait mener. Ce médaillon était une bénédiction ! Il symbolisait le meilleur moyen qui soit pour échapper à son quotidien sur commande. Elle pourrait souffler dès que l'envie s'en ressentirait. Il offrait également l'opportunité de réaliser des choses qu'elle n'avait jamais le temps de faire.

Enfin, place aux premiers tests !

Elle choisit un moment où les enfants se trouvaient à l'école et Max au boulot. Jade culpabilisait de voir leurs corps figés comme des œuvres taxidermiques, s'ils étaient loin des yeux, ce sentiment serait moindre.

« Stop ! »

Armée de son sac à main, elle verrouilla la porte de la maison. Certes, au regard des circonstances, cette précaution pouvait paraître absurde, mais la jeune femme préféra ne prendre aucun risque. Après tout, elle ignorait si d'autres de par ce monde possédaient le même pouvoir qu'elle. Elle s'installa au volant de son monospace, se carra dans le siège, introduisit la clé dans le commutateur…

— L'instant de vérité.

… et mit le contact. Le moteur ronronna au quart de tour, ce qui la satisfit pleinement. Jade démarra et s'engagea dans la ruelle de son lotissement. Même si le monde était à l'arrêt, la jeune femme se montra prudente. N'importe quoi pouvait être statufié en plein milieu de la chaussée.

Pour l'instant, tout était calme. D'origine, son secteur n'était pas très fréquenté et la route départementale ne subissait pas trop de passages. Du moins, en apparence, car, lorsque Jade l'emprunta, elle faillit heurter un premier véhicule stoppé juste après un virage. Jade pila. Sa voiture glissa en zigzaguant sur le bitume avant de freiner sa course quelques mètres plus loin, tout près d'un fossé. Son cœur tambourina dans sa poitrine et ses oreilles. Soufflant comme un taureau, elle baissa la tête pour calmer sa respiration. Elle s'était fichu une sacrée trouille ! Trop sûre d'elle, Jade avait manqué de vigilance.

— Ma vieille, tu n'es qu'une imbécile ! se sermonna-t-elle. Si tu avais eu un accident, tu l'aurais expliqué comment ?

Elle essuya ses mains moites sur son jeans et reprit la route, plus posément.

Durant ce périple à 50 km/h – avant d'atteindre l'entrée de la ville –, Jade dû éviter une voiture sans permis, trois berlines, un camion plateau, deux chevreuils et un cycliste. Dans la descente qui conduisait au premier rond-point, plusieurs véhicules obstruaient sa voie. Elle décida de se faufiler à travers celle de gauche, libre, pour avancer.

— La prochaine fois, je penserai à arrêter le temps un dimanche, raisonna-t-elle à voix haute.

L'objectif du jour : faire ses courses en toute tranquillité !

Jade gara sa voiture sur le parking du supermarché. Elle trouva une place facilement. Il n'y avait pas foule. Elle détacha un caddie, suspendit ses sacs au crochet, puis se lança vers l'entrée sud du magasin, croisant au passage plusieurs personnes figées dans leurs mouvements. Parvenant à hauteur des portes, celles-ci restèrent closes. Jade avait beau exécuter des va-et-vient avec son charriot, rien ne changea.

— Merde ! lâcha-t-elle.

Elle se dirigea vers la porte nord. Par chance, quelqu'un était en train de la franchir au moment où Jade avait stoppé le temps. La jeune femme prit soin de ne pas heurter le vieillard qui se trouvait dans l'entrebâillement et passa. Évidemment, le silence ne lui avait pas échappé, mais, en pénétrant dans ce lieu d'ordinaire bruyant, elle fut saisie par le calme mortuaire qui y régnait. Les bavardages ne lui manquaient pas. En revanche, la petite musique en fond sonore, oui.

Jade traversa les portiques et stoppa net. Elle revint sur ses pas pour observer plus attentivement le vigile. Une idée venait de germer dans son esprit.

— Ce n'est pas bien, Jade, ce n'est pas bien !

houspilla-t-elle.

— *Oh… mais personne n'en saura rien,* lui souffla la Tentation de son oreille gauche.

— *N'empêche ! Ce n'est pas bien ! Et ça ne te ressemble pas, Jade Grinot !* poursuivit sa Conscience.

Voilà qu'elle se parlait à elle-même, maintenant, sans parvenir à contrôler ces deux nouvelles entités qui s'incrustaient dans sa vie !

— *Ah ! ça va ! Elle ne fait rien de mal !* protesta Tentation. *Elle veut juste s'assurer d'un truc, c'est tout. Et cela pourrait bien te servir, tiens, si tu restais coincée ici ! Rabat-joie !*

Conscience ne réagit pas. Parfait ! Jade avait le champ libre. Elle abandonna son caddie et s'avança vers l'homme élégamment sapé. Une drôle d'idée d'accoutrer les vigiles de la sorte. Pas super pratique pour courser un voleur. Était-ce pour leur donner un côté James Bond ? Elle le regarda droit dans les yeux et se pinça les lèvres. Jade s'adressa à lui, comme s'il l'entendait :

— Tout d'abord, sachez que je ne fais jamais ce genre de choses, d'habitude. Pour ça, ma Conscience a raison. Cela dit, ma Tentation n'a pas tort elle non plus. Au moins, j'en maîtriserai le fonctionnement. On ne sait jamais. Donc…, vous permettez ?

Elle entreprit de fouiller les poches de sa veste et n'y trouva rien. Jade grimaça. Un peu gênée, elle en souleva les pans. À la ceinture du gardien, un trousseau de clés pendouillait. La jeune femme les tria, puis son visage s'illumina.

— Ça doit être ça !

Jade détacha le mousqueton tout en s'excusant

auprès du vigile et marcha vers l'entrée sud. Ainsi, si son expérience s'avérait concluante, elle ne risquait pas de blesser le vieil homme qui se trouvait pile-poil entre les deux vantaux, côté nord. Elle étudia le sas avant que son regard ne tombe sur un petit boîtier fixé sur la gauche des portes coulissantes. Une clé du trousseau était peu commune. En forme de marteau, sa tige au panneton tout rond correspondait parfaitement au dessin du trou dans le bloc de secours. Elle l'introduisit et fit pivoter le passe jusqu'à la butée. Les panneaux s'écartèrent pour s'ouvrir totalement. Elle donna un nouveau quart de tour et les portes automatiques se refermèrent. Jade afficha une mine satisfaite. Elle débriefa avec elle-même.

— D'abord la voiture, maintenant les portes… ce qui veut dire… Les objets mécaniques sont figés dans l'instant T, mais si j'ai une action dessus, ils fonctionnent ! Yes!

Triomphante, Jade rendit le trousseau au vigile et attaqua les courses. Elle prit tout son temps, savourant le bonheur de n'être bousculée par rien ni personne. Elle s'attarda dans le rayon librairie, sur l'électroménager et l'informatique. Une fois son caddie plein, elle se dirigea vers les caisses. Elle en repéra une de libre. Tandis qu'elle commençait à déposer ses marchandises sur le tapis, la jeune femme réfléchit. Elle replaça les bouteilles de lait et de jus de fruits dans le charriot et recula un peu, hors du champ de vision de la caissière. Bien sûr, Jade aurait pu passer et gagner sa voiture sans être inquiétée, mais elle n'était pas comme ça. Elle n'était pas une voleuse. Tout comme elle ne voulait pas que l'employée meure d'une crise cardiaque en découvrant une bonne femme qui déballait ses affaires alors qu'une seconde plus tôt, personne n'attendait.

— Stop.

Et aussitôt, la vie reprit. La caissière l'accueillit avec un large sourire :

— Bonjour !

Son petit subterfuge avait fonctionné. Jade jeta un coup d'œil discret vers le vigile. Ce dernier agissait normalement. Il faisait son job. Elle pouvait être rassurée.

Quand elle salua l'hôtesse, au moment de partir, une ombre fondit sur Jade.

— Madame Grinot!

C'était la vieille fouineuse de Rêves d'Or.

— Oh ! Madame euh… je…

— Ce n'est pas grave, tranquillisez-vous, dit la joaillière, mielleuse, en posant sa main sur le caddie. Ah ! Vous portez le médaillon.

Le ton était devenu plutôt alarmant. Instinctivement, Jade recouvrit le bijou de ses doigts et avança avec force.

— Oui. Mon époux tient énormément à ce collier et il veut que je ne le quitte sous aucun prétexte, inventa Jade.

— Même pour dormir ?

— Euh… écoutez, je dois rentrer.

Mais l'intruse se plaça devant le charriot.

— Il faut absolument que je vous parle. C'est urgent, insista-t-elle.

— Je n'ai pas le temps, tenta de se dédouaner la jeune femme.

— Cet artefact peut être très dangereux s'il est mal employé. Vous comprenez ?

— Très bien ! Désolée, mais j'ai beaucoup de « frais » dans mon caddie, je ne peux pas m'attarder.

Et Jade la bouscula pour fuir aussi vite que la situation le lui permettait. Elle aurait pu dire « stop » pour gagner du temps, mais l'idée ne lui traversa pas l'esprit tant l'intervention de cette vieille bourgeoise l'avait ébranlée. La bijoutière savait quelque chose. C'était sûr ! Elle savait pour Jade.

CHAPITRE 7

Les journées suivantes s'inscrivirent dans une routine établie par Jade. Quand le réveil sonnait, elle stoppait l'instant pour prolonger sa nuit. Lorsqu'elle se sentait prête, Jade se rendait à la salle de bains pour prendre une douche, se faire tous les soins imaginables, s'habiller et se pomponner (choses qu'elle avait négligées depuis qu'elle était devenue mère). Ensuite, elle descendait boire son thé et scroller une bonne demi-heure les posts hors connexion sur les réseaux sociaux en dévorant quelques biscottes. Avant de relancer le temps, Jade traînait pour préparer les petits-déjeuners des enfants. Elle se ressourçait ainsi de bon matin pour affronter le tsunami de cris, de disputes, le vacarme de sa petite famille. Mais, pour une fois depuis une éternité, elle se sentit bien. Après avoir salué Max, Jade ordonna à sa troupe de grimper dans la voiture, direction l'école. Puis, elle revenait à la maison, savourer le silence juste perturbé par le chant des oiseaux, le bourdonnement des insectes et le bruissement des feuilles. Quand elle estimait que les heures défilaient trop vite, Jade suspendait l'instant et s'activait à des tâches quelque peu abandonnées : la vaisselle, la lessive, le nettoyage de la demeure, le jardinage. Dire qu'avant elle se plaignait que les journées ne duraient pas 48 h, là, elle était comblée ! Elle n'avait jamais eu une maison aussi bien entretenue H24 ! Même Max la félicitait pour cet exploit, ravi d'avoir une épouse si rayonnante.

Elle avait tout terminé et il lui restait du temps libre. Elle aurait pu lire, mais elle n'en éprouva pas l'envie. Elle pouvait paresser jusqu'au moment de récupérer les gosses, mais non, Jade voulait un peu d'action. Aller sur Guéret ? Mouais… bof… Il n'y avait pas grand-chose d'intéressant à voir dans cette ville. C'est à cet instant qu'une idée germa ! La jeune femme s'empara de son téléphone portable et commença à parcourir le jardin à la recherche du chat. Elle le trouva enfin figé en plein mouvement. L'animal bondissait quand Jade avait arrêté le temps.

— Parfait !

Elle entreprit de le filmer, mais au bout de quelques secondes, elle réalisa que rien ne se produisait.

— Je n'comprends pas. C'est pourtant un machin tout ce qu'il y a de plus industriel !

Elle étudia son appareil sous toutes les coutures avant de remarquer que l'écran lui-même ne pouvait être modifié. Il demeurait figé, comme le reste du monde. Jade tenta de l'éteindre, sans succès.

— Alors là ! Y a un truc qui m'échappe ! Ce matin, je suis parvenue à scroller mon compte Insta ! Pourquoi rien ne se passe, maintenant ?

Cette situation l'agaçait.

— Stop !

Son doigt glissa sur l'écran, tout fonctionnait parfaitement. Normal, elle avait dégelé le temps.

— Stop.

Pas de bol ! Le problème se répéta.

— Alors là ! Je n'comprends rien de rien ! Et

pourquoi tu ne veux pas t'éteindre ?!

Quant aux posts sur le réseau social, il s'agissait des mêmes.

Tandis que Jade malmenait le pauvre téléphone en le secouant et en le tapotant, elle eut un déclic. « Éteindre ». Ce matin, quand elle avait figé le temps, son portable était éteint. Elle l'a allumé dans cet espace alternatif.

— Stop.

Les oiseaux hurlaient à tue-tête, comme s'ils n'avaient pas chanté depuis des lustres. Le chat s'était fait la malle depuis belle lurette, mais son pelage était repérable à des kilomètres, Jade le retrouverait sans peine. Elle désactiva le système et stoppa l'instant une fois de plus.

— Vérifions la théorie, s'encouragea-t-elle.

Elle ralluma son portable. Bingo ! Tout était opérationnel ! La fonction téléphone, l'appareil photo, la musique, le scrolling. Ah non, pas vraiment le scrolling. En réalité, Jade ne put réactualiser le fil de ses réseaux sociaux. C'était donc ça ! Remarque, elle aurait dû s'en douter.

— Bon. Où est ce chat ?

Elle avala quelques mètres avant de distinguer une fourrure gris perle tapie dans les herbes hautes. Elle coupa une longue tige, puis dépétrifia le temps. Durant quelques minutes, Jade s'amusa avec le gros matou jusqu'à ce qu'elle parvienne à le faire sauter en l'air. Là, elle figea l'instant une nouvelle fois. L'animal se trouvait à un bon mètre au-dessus du sol. C'était extraordinaire. Jade pouvait tourner autour. Elle se saisit de son portable, le plaça face à elle et se racla la gorge.

Elle n'était déjà pas très à l'aise avec les selfies, alors les vidéos…

— Hmm ! Salut ! C'est Jade, Jade Grinot ! bégaya-t-elle en agitant sa main libre. On est ici dans mon jardin. Certains d'entre vous le connaissent, d'autres pas. Excusez-moi, c'est très mauvais, mais je n'ai jamais été douée avec les réels et compagnie. Bref ! Voilà. Si j'enregistre cette vidéo, c'est pour vous montrer un truc de dingue. Je vous jure, il n'y a aucune combine ! En fait, tout vient de ce médaillon.

La caméra s'orienta maladroitement sur ce que Jade indiquait. L'améthyste miroita sous le soleil.

— C'est fou ! Je l'ai déterré en jardinant ! Il était dans un coffre. La bijoutière m'a dit qu'il s'agissait d'un talisman de protection. Le Talisman de Fontanges. Je ne sais pas s'il faut le prendre comme tel, en tout cas, cet artefact a le pouvoir d'arrêter le temps. Je veux dire de *vraiment* l'arrêter. À la seconde prés. Et je peux vous prouver ce que j'avance !

Elle tourna la tête et indiqua avec son pouce quelque chose d'indistinguable derrière elle.

— Vous voyez, là ? C'est mon chat ! (Jade se dirigea vers le matou et la mise au point s'effectua.) Ceux qui le connaissent vont tout de suite le reconnaître grâce à sa tache grise en forme de cœur qu'il a sur le dos. Regardez ! Il vole !

Jade filma la pauvre bête comme un caméraman exécutant un travelling.

— C'est du délire ! Je vous l'accorde, mais bien réel ! Regardez ! Je peux lui tourner autour ! Il ne bouge pas d'un iota !

La jeune femme gravita plusieurs fois autour du

chat avant de placer la caméra face à elle.

— Maintenant, observez très attentivement ce qui va suivre.

Jade coupa le son. Elle était disposée à dévoiler au monde entier sa découverte, mais certainement pas à révéler son fonctionnement. Un « stop » discret fila entre ses lèvres. Le félin atterrit lourdement sur ses pattes avant de déguerpir vers la maison. Jade filmait sa fuite, puis revint à elle. Elle réactiva le son.

— Vous avez vu ? s'enjoua-t-elle. Demain, je vous montrerai d'autres trucs. Vous allez halluciner !

Le reste de la journée, Jade n'employa pas le pouvoir du médaillon. Elle parvint à gérer son quotidien sans stresser. Une fois au lit, elle visionna ce qu'elle avait filmé quelques heures plus tôt. Sur le coup, elle était déterminée à les partager avec sa communauté, mais plus maintenant. Elle doutait qu'on la croie. Les gens la prendraient pour une mythomane. Pire ! Ils pourraient accepter la vérité et la harceler sans relâche. Jade mourrait d'envie de dévoiler son secret, mais pas au détriment de sa vie ni de celle de sa famille, qu'elle n'avait toujours pas prévenue de sa trouvaille. Elle décida néanmoins de ne pas effacer les vidéos.

Les jours suivants, Jade prit sa voiture pour filmer l'extérieur : les véhicules arrêtés avec les gens statufiés à l'intérieur ; les insectes dont elle s'amusa à modifier la trajectoire ; l'eau des fontaines qui semblaient faite dans du plexiglas…

Elle se retrouva encore devant un problème de synchronisation, avec son monospace, cette fois. Elle avait figé le temps pour aider un hérisson à traverser la chaussée alors que le moteur tournait toujours. Au moment de repartir, sa voiture ne répondit pas. Jade péta une durite avant de comprendre son erreur. Il fallait agir comme pour le téléphone portable. Éteindre son véhicule pour pouvoir l'utiliser dans cette réalité alternative. Une belle gymnastique de l'esprit. Et encore ! Là, rien de compliqué ! Qu'est-ce que ce sera quand elle ira sur Paris ! Car oui, Jade était décidée à tester cette faculté à plus grande distance. Cela demanderait tout de même une petite organisation.

Mais, pour le moment, Jade paniquait sur une autre affaire. Demain, elle reprendrait le boulot. Un mois qu'elle n'avait pas vu ses collègues, ses élèves et son supérieur. Un mois, enfin, nettement plus si on va par-là, avec toutes les pauses temporelles qu'elle avait infligées au Monde. Pour la première fois depuis longtemps, et malgré le médaillon, elle stressait.

CHAPITRE 8

Quand Jade pénétra dans la salle des professeurs, elle chercha du regard une âme fraternelle. Ses amies n'étaient pas encore arrivées, ou ne travaillaient pas aujourd'hui. Les vertiges la gagnèrent. Malgré les exercices de respiration qu'elle avait effectués avant de descendre de sa voiture, ceux-ci n'avaient plus aucun effet. Jade eut le sentiment de se retrouver dans la fosse aux lions. Elle salua timidement ses collègues, qui pour certains l'ignorèrent, pour d'autres la dévisagèrent de haut en bas, puis se dirigea vers son casier. Paradoxalement, avoir la tête dedans, c'était comme ouvrir une fenêtre vers l'extérieur.

— Jade ! dit une voix fluette la faisant sursauter. Tu es de retour ?

À l'évidence...

— Nous étions inquiets, poursuivit l'enseignante. Bien sûr, je ne veux pas savoir pourquoi tu étais absente, cela ne me regarde pas ! Mais je suis contente de te revoir parmi nous !

La femme tourna les talons comme un mannequin sur un podium et s'éloigna en affichant un sourire hypocrite. Jade l'observa marcher en tortillant du derrière, sa tasse de café à la main. À présent, cette collègue pivotait sa tête comme un pigeon, agitant les boucles de sa chevelure, et riait fortement aux bavardages des uns et des autres. L'archétype de la jolie jeunette qui le sait et en joue. Tout ce que Jade détestait.

Elle ferma les yeux et souffla face au sentiment de défaite qui se développait en elle. Jade caressa son collier, tentée de l'utiliser, quand on tapota son épaule.

— Salut toi !

Une petite femme au carré blond décoiffé se tenait à côté d'elle. Jade lui adressa un sourire de soulagement.

— Je stresse à mort, avoua-t-elle.

— Pourquoi ? À cause de cette pimbêche ?

— S'il n'y avait qu'elle, ça irait. Non. C'est tout. Ici, le pro, certains élèves. J'ignore si j'y arriverai.

— Tu y arriveras, Jade. Tu n'as pas de raison de te tracasser. Tu es une bonne enseignante et tes élèves t'adorent. Tu sais que tu leur as manqué ?

— Tous les élèves ne m'aiment pas, se lamenta Jade.

— O.K. La plupart de tes élèves t'adorent et tu as manqué à ceux-là. C'est mieux ?

Peu convaincue, le visage de la jeune femme se chiffonna. Elle chercha son trousseau de clés, s'apprêtant à sortir pour gagner sa salle de cours quand la voix tonitruante de Boucles d'or résonna :

— Hmm… au fait, Jade ! Peux-tu me dire pourquoi j'ai un défaut de note pour le critère « vente » de l'E4 sur le bordereau concernant Alyne Prejot ? C'est bien toi qui as réalisé cette visite de stage avant que tu ne sois en congés maladie ?

Il fallut un certain moment à Jade pour remettre ces informations dans l'ordre. Sa jeune collègue se dandinait mollement, la tête penchée sur le côté en la fixant. Jade eut le sentiment que tous la dévisageaient.

C'était ridicule. Juste les trois quarts.

— Oui. La tutrice n'a pas eu le temps de valider cette épreuve à Alyne. Elle la lui proposera lors de la prochaine PFMP.

— Pardon ?! s'étrangla poupée Barbie. Non mais ce n'est pas possible ça, Jade ! l'infantilisa-t-elle. Tu aurais dû te manifester et l'obliger à exécuter cette tâche en ta présence ! Je rêve, franchement ! Tu connais le protocole, pourtant ! Punaise ! Ça m'énerve ça quand les gens sont incapables d'accomplir leur boulot correctement !

L'attaque était pour Jade qui commençait à bouillir. Cette petite garce la mettait en scène pour l'humilier devant tout le monde. Qu'est-ce qu'elle en savait, elle ? Elle n'était pas enseignante de professionnel ! C'était déjà pas mal qu'elle accepte de faire ces suivis de stage alors qu'elle se payait toutes les classes de l'établissement ! La majeure partie de ses collègues de SVT n'en faisait pas une seule ! Sans compter que d'une section à l'autre, d'un prof principal à l'autre, la chanson changeait ! Parfois, certains items n'avaient pas à être pris en compte !

Mais loin de prôner l'indulgence et la compréhension, la vipère continua de cracher son venin :

— Résultat : je suis contrainte de m'en occuper pour rattraper tes conneries !

Cette bêcheuse lui tenait la dragée haute. Normal, le proviseur entrait. Décidément, le monde se liguait contre Jade. Du moins, celui de l'éducation. L'homme, d'une allure outrageusement raffinée, lui lança un regard acrimonieux tandis que Boucles d'or se pavanait sous son nez. Cambrant ses reins et soulevant sa poitrine, la « créature » lui adressa un sourire obséquieux.

— Bonjour, monsieur Bordas.

— Mademoiselle Cotran, répondit-il en la dominant.

Ces deux-là étaient sur la même longueur d'onde, ce qui donna la nausée à Jade.

— Vous avez une bien jolie veste, le flatta-t-elle.

— Vraiment ? Pourtant j'ai pris la première qui venait. Je n'avais pas les idées très claires ce matin.

Feu-au-cul se mit à glousser si bruyamment que le sol aurait pu se dérober sous leurs pieds. *Si seulement…*, pensa Jade.

— Tant que je vous vois, madame Cotran, j'ai résolu le petit problème de groupes que vous aviez. J'ai déplacé l'heure de madame Grinot, afin de vous créer un bloc de quatre heures consécutives. Ainsi, votre vendredi après-midi est libéré.

Jade écarquilla les yeux d'effroi et intervint :

— Et… vous avez positionné mon heure sur quel créneau ?

— Comment ? minauda le proviseur, feignant de ne l'apercevoir que sur l'instant.

— Vous dites avoir déplacé mon heure ?

— Oui. Je l'ai mise le vendredi après-midi, en S4.

— En dernière heure ?! s'estomaqua la jeune femme. Mais ça me crée trois heures de trou ! Et je dois récupérer mes enfants !

— Eh bien, j'ai pris cette décision durant votre absence et ça fonctionnait très bien ainsi. Vous vous en accommoderez. De toute manière, personne n'est irremplaçable, madame Grinot.

Bonnie et Clyde affichèrent des mines réjouies. La coupe était pleine. Jade susurra « stop » entre ses dents et le temps fut suspendu en plein vol. La haine et la colère s'emparèrent de tout son être. Si elle avait été une descendante d'Attila, Jade aurait certainement décapité ces deux oiseaux avant de jeter leurs têtes dans le brasier qu'elle aurait fait de cette école. Mais elle était juste Jade Grinot, une pauvre femme pas assez jolie pour avoir le monde à ses pieds, ni assez effrontée pour qu'en face d'elle les autres la bouclent. Alors, elle hurla de tous ses poumons, versa toutes les larmes de son corps ; une vraie hystérique.

— Je ne peux pas continuer comme ça, lâcha-t-elle en se laissant choir sur le canapé. Je ne peux pas accepter qu'ils me malmènent de la sorte. C'est intolérable ! Il faut que ça s'arrête.

Jade prit tout le temps qui lui était nécessaire pour retrouver son calme, réfléchir aux réponses et aux actions qui convenaient. Elle se servit un thé, avala quelques viennoiseries que la bonne pomme apportait chaque matin (une consœur qui se pliait en quatre pour des collègues ingrats – comme quoi, le cas de Jade n'était peut-être pas le plus désespéré…) Elle avait beau cogiter, là, dans l'immédiat, aucune idée ne venait à son esprit. Enfin, si. Elle en avait bien quelques-unes, mais elles n'étaient pas très déontologiques. Pour autant, était-ce mérité ? Amplement ! Alors, la jeune femme décida de s'essayer à la garcerie. Elle s'approcha du couple infernal pour l'analyser. Marcia Cotran tenait toujours sa tasse de café dans sa main gauche, l'auriculaire crânement levé et son corps légèrement penché vers le proviseur. Ses doigts effleuraient presque la veste de l'homme. Le regard de ce dernier était fixé dans le vide comme il se tournait au moment où Jade avait stoppé l'instant.

Elle prit une grande respiration tout en mordillant ses lèvres. Ce qu'elle s'apprêtait à faire était mal, elle le savait pertinemment, mais ce n'était pas bien méchant comparé à toutes les bassesses que ces deux ignobles personnages lui infligeaient. Tout d'abord, elle déchira un morceau de papier machine et gribouilla quelques mots. Ensuite, elle saisit le poignet de la Cotran pour voir si elle pouvait le faire pivoter. Si elle forçait légèrement dessus, c'était tout à fait jouable. Jade s'arrangea pour que le contenu de la tasse soit sur le point de se renverser sur son beau chemisier Dior. Elle releva davantage le bras gauche de cette dernière pour donner l'illusion que les doigts atteignaient la poche de la veste du pro. À l'intérieur, elle inséra le bout de papier. Jade prit un peu de recul comme on évalue un tableau. Alors, elle décida d'ajouter une touche finale. Un rictus au coin de la bouche, elle glissa son pouce sur les lèvres de la jouvencelle, ce qui ruina son maquillage impeccable. Elle s'essuya ensuite sur le col de son supérieur. Satisfaite, Jade revint à sa place initiale, retrouva sa posture et dépétrifia le temps.

À peine la vie reprit que Boucles d'or hurla après avoir renversé son café sur sa poitrine. Dans la confusion, elle donna un léger coup dans la veste du proviseur qui sursauta. Instinctivement, il porta sa main à sa poche et la tapota. Il marqua la surprise en réalisant que quelque chose se trouvait à l'intérieur. Barbie, affolée se précipita pour dévaliser le dévidoir de papier absorbant.

— Mets du sel, tout de suite, lui souffla une collègue.

— Mais c'est bien sûr ! J'en ai toujours un pot dans mon sac ! ironisa la jeunette. Tu en as d'autres des idées de merde ?

La cloche retentit. Les enseignants quittèrent la salle. Jade se délectait.

L'homme extirpa le petit mot, le déplia et commença à le lire. Il se mit à rougir si fortement qu'il fixa la Cotran, hébété.

Jade les frôla en leur lançant un sourire vengeur, mais ni l'un ni l'autre – trop préoccupés par les évènements – n'y prêtèrent attention.

Les sections défilèrent durant huit heures dans la classe de Jade. Certains élèves, curieux, tentèrent de s'informer sur l'objet de son absence. Jade inventa un mensonge différent à chaque fois. D'une manière générale, on aurait pu croire qu'elle avait passé une journée relativement paisible puisqu'elle ne réutilisa pas son médaillon, mais c'était sans compter sur un trio de lycéennes qui lui menait la vie dure. Dire que ces sales gamines se dirigeaient vers une carrière en lien avec l'humain ! Et qu'il y avait fort à parier qu'elles l'obtiendraient, ce diplôme.

L'objectif du trio : faire crier madame Grinot. Jade était d'une nature très calme et ne haussait le ton que très rarement. (Effectivement, l'élève qui y parvenait sentait sûrement une espèce d'aura de superhéros malsain planer autour de lui.)

— Vous aviez la flemme de venir ? intervint la

plus dévergondée.

Jade leva le nez pour la foudroyer du regard, ce qui déclencha l'explosion de rires de la gamine. La jeune femme décida de ne pas lui accorder plus d'attention et se remit à expliquer l'exercice à son étudiante près d'elle.

— Il paraît que vous avez pété un plomb pour surmenage ! Vous ne travaillez que dix-huit heures par semaine, et vous osez vous plaindre !

— Et tu crois que tes cours se fabriquent tous seuls ?

— Pff ! Vous photocopiez des livres, j'appelle pas ça bosser !

La moutarde commençait à prendre. Jade avait beau avoir une patience à toute épreuve, cette merdeuse allait en arriver à bout.

— Si tu étais plus instruite, tu t'apercevrais que les cours, je les monte moi-même ! Maintenant, mets-toi au travail !

— Sinon ?

— Sinon quoi ?!

— Vous comptez faire quoi si je refuse ?

Cette peste venait de marquer le premier point. Jade le savait.

L'effrontée extirpa aussitôt son portable du sac posé sur sa table. Ses deux acolytes l'imitèrent. Toutes trois tapotèrent des textos sous le nez de leur professeure qui s'imagina leur arracher des mains et balancer ces foutus engins par la fenêtre. « *Nous ne pouvons pas nous emparer de leurs téléphones. Légalement, nous n'en avons pas le droit, car c'est une propriété privée. La prudence est requise, aussi nous*

*vous conseillons de ne pas les prendre par vous-même,
mais de demander à l'élève qu'il vous le remette.* » Ces
mots, issus d'une formation sur la laïcité, résonnèrent
dans le cerveau de Jade. Ainsi, son job n'était plus
enseignante, mais négociatrice.

— Rangez vos téléphones, ordonna-t-elle.

Mais le trio ignora superbement son injonction.
Jade souffla très fort. Elles marquaient le second point.

— Très bien. Donnez-moi vos portables.

Les yeux toujours rivés sur leurs appareils, les trois
lycéennes demeurèrent imperturbables.

— Donnez-moi vos portables !

Jeu, set et match ! Jade avait haussé la voix. Le trio
de merdeuses avait remporté la partie, au grand dam de
l'enseignante. Jade se visualisa leur sauter à la figure
pour leur distribuer une paire de claques et écrabouiller
leurs engins de malheur. Ses veines s'étaient
métamorphosées en nerfs. Elle était ce bout de viande
trop difficile à mastiquer. Elle ne céderait pas ! La jeune
femme opta pour le corps à corps. Elle s'avança à leur
hauteur et tendit une main vers les filles.

— Vos téléphones portables. Tout d'suite !

— C'est mort !

— J'ai dit : TOUT D'SUITE !!

Au point où elle en était, Jade n'avait plus rien à
perdre de sa dignité de prof. Elle avait crié, autant hurler
maintenant. Isolés au dernier étage du bâtiment,
personne ne les entendrait, de toute façon. Le trio était
coriace, mais Jade pouvait se transformer en pitbull si
nécessaire. Elle ne lâchait pas le morceau facilement.
D'habitude, elle était suffisamment intimidante et les
gosses s'exécutaient. En d'autres termes, à cet instant

précis, la jeune femme était dans une impasse. Seule la sonnerie annonçant la fin du cours pouvait la sauver. Or, il restait encore un bon quart d'heure avant la libération. Jade savait qu'avec ces filles-là, elle serait perdante. Elle aurait pu appeler de l'aide, mais cela aurait été comme un aveu de faiblesse pour ces petites harpies qui ne la louperaient pas la fois prochaine. Et puis, Jade avait pour coutume de tenter de désamorcer chaque conflit par elle-même et par tous les moyens possibles. Rares étaient les situations où elle échouait. Justement, c'était une circonstance inhabituelle et Jade s'était plantée.

— Stop !

Elle avait besoin de temps pour réfléchir. Son palpitant tambourinait un maximum. Ce qu'elle pouvait détester ces ambiances ! Pour le moment, elle se délecta de leurs mines abêties figées dans le temps. Ce qui la navra, c'était d'imaginer que de tels individus prendraient soin de malades, de personnes âgées, dans un avenir proche. C'était impensable !

Et là, encore une fois, une idée étincela.

— *Ce n'est pas bien, Jade !*

Tiens ! Il se repointait celui-là !

— *Tu sais que tu n'as pas le droit de faire une chose pareille, Jade,* gronda Conscience.

— *Pas le droit ?! Rhoooo… comme tu y vas un peu fort !*

Ah ça ! c'était Tentation ! Toujours présente pour t'attirer vers le côté obscur.

— *Tu devrais avoir honte !*

— *Honte de quoi ? Jade leur donnerait une bonne leçon, ouais ! Et puis… si ça s'trouve… si elle n'agit pas, elle risque d'aggraver la situation...*

— Quoi ? lança Jade, abasourdie.

— *Ben oui ! Suppose qu'elles s'en foutent...*

Alors, Jade douta. Elle n'avait pas imaginé cette éventualité.

— *On s'en cogne !* reprit Tentation. *Ça vaut l'coup d'essayer !*

— *T'es une grande malade ! Elle pourrait se faire renvoyer !*

— *Boh, boh, boh ! N'exagère pas non plus, la pétocharde ! Au pire, on l'enverra chez l'incompétente infirmière !*

— STOP ! hurla Jade, excédée par Conscience et Tentation. FERMEZ-LA !

La jeune femme ne s'était pas rendu compte que la vie avait repris. Tous la reluquaient, ahuris. Même le trio. Alors, elle feignit un violent malaise et s'écroula sur le sol.

— Vite ! Faut appeler l'infirmière ! s'agitèrent les uns.

— Mettez-la en PLS ! crièrent les autres.

Quant aux trois chipies, leurs visages blêmirent. Elles n'osèrent ni bouger ni prononcer un mot.

— C'est votre faute ! invectivèrent quelques élèves.

Ce sont des amours, pensa Jade. *Désolée pour ce sale coup. Au bout du compte, un cœur bat peut-être dans ces trois crâneuses.*

On lui apporta de l'eau. Un AED prit le relai tandis que l'on emmenait Jade à l'infirmerie.

Le cours suivant, le trio se tint à carreau. Elles

acceptèrent toutes de travailler.

Quelques jours plus tard, Jade trouva Marcia Cotran en pleurs, cachée dans les toilettes. Mal à l'aise devant cette scène, Jade voulut s'éclipser, mais sa collègue l'interpela. Elle apprit que Marcia Cotran endurait un harcèlement sexuel de la part du proviseur, tout ça à cause d'un mot salace qu'une personne mal intentionnée avait glissé dans la poche de son veston. Ce jour-là, Marcia venait d'échapper à une tentative de viol. Et ce jour-là, Jade décida de ne plus jamais utiliser le pouvoir du Talisman de Fontanges pour se venger de qui que ce soit.

CHAPITRE 9

Durant les semaines qui suivirent, Jade eut relativement la paix dans son boulot, la triade infernale ne la harcelant plus, ni sa collègue Boucles d'or, d'ailleurs. Seul, le proviseur poursuivait ses coups bas, mais la jeune femme avait pris l'habitude de les ignorer, et arrêter le temps occasionnellement l'y aidait beaucoup. Au bout d'un certain moment, Bordas, lassé, cessa de s'attaquer à elle pour viser une autre cible. Jade n'était pas dupe. Elle savait pertinemment que cette embellie ne durerait pas.

À la maison, cela se passait plutôt bien, également. Jade avait planifié son quotidien entre des « pauses Fontanges » et la vie courante. Seul son fils Léo développa une attitude étrange à son égard. Sans doute l'adolescence.

Les vacances se pointèrent. Jade s'était avancé un maximum dans son travail. Grâce au médaillon, ses cours et sa programmation étaient préparés pour la rentrée, ses corrections toutes faites. Elle comptait bien jouir de son temps libre. Elle laissa ses enfants dormir un maximum. Après tout, les congés étaient là pour ça, non ? De son côté, elle en profitait pour lire, jardiner et flâner sur les réseaux sociaux. Elle tomba sur un article qui annonçait l'ouverture du Festival de Cannes. Cette année, la présidence du jury revenait à Tim Burton pour la seconde fois. Un fait relativement exceptionnel pour être relaté. Ses acteurs fétiches, comme Johnny Deep ou encore Michael Keaton seraient présents sur la Croisette. Les membres de la commission compteraient entre autres Brad Pitt et Robert Downey Jr.

— Ouah ! Que du beau monde ! Un parterre de jolies gueules ! Dommage que je n'habite pas dans les parages.

« En fait…

Jade se précipita sur un calendrier. Le festival avait lieu quinze jours après les congés de Pâques. Elle calcula l'itinéraire. 780 kilomètres ! Ce qui nécessitait presque huit heures de route pour y parvenir ! Une de ses classes était en stage, lui libérant exceptionnellement le mardi après-midi. C'était jouable ! La jeune femme jubila comme une ado. Quel doux rêve, quand même ! Si elle se lançait dans l'aventure, Jade n'omettrait aucun détail : manger, dormir et par-dessus tout, se parer de la tenue adéquate ! Ce n'était pas dans sa petite ville de Guéret que Jade trouverait ce dont elle avait besoin. Elle verrait plus grand ; du genre : la haute couture. Elle adorait les robes d'Elie Saab, ou encore celles de Franck Sorbier. Ce serait difficile de choisir. Non ! Jade avait un autre styliste en tête. Ses créations étaient parfaites ! La jeune femme chercha l'adresse dans l'annuaire. Arras. Dans le Pas-de-Calais. Ce n'était pas la porte à côté, là non plus. Avaler autant de kilomètres en une fois n'était pas le meilleur des concepts. Même avec le médaillon de Fontanges. Jade commença à désespérer, mais spécula assez vite. Il lui restait quinze jours. C'était plus que suffisant pour vivre cette incroyable aventure.

— C'est quand même une idée bien saugrenue, Jade Grinot ! Tu as quarante ans ! se houspilla-t-elle. Tu as mieux à faire avec ce collier.

— *Bah ! Tu peux voir ça après*, lui souffla Tentation.

— Mais c'est pas vrai que tu rappliques chaque fois que je tente de me raisonner !

— *Il n'y a rien de mal, rien de méchant à vouloir rencontrer ses idoles avant de mourir.*

— Ah ben, merci ! gronda Jade.

— *Naan... tu m'as compris !*

— *C'est ce que tu dis à tout bout de champ, et ça conduit à des catastrophes*, temporisa Conscience.

— *Juste pour une fois. Une toute dernière fois*, minauda Tentation. *Promis !*

— Maman ?

Jade sursauta. Léo se tenait en bas de l'escalier. Il la guignait, droit comme un « I ».

— À qui tu parles ?

— Oh ! toussota Jade. À moi-même mon chéri, ne t'inquiète pas. Cela m'arrive souvent, quand je suis seule. Tu as bien dormi ?

C'était bien tenté, mais la diversion ne prit pas. Son fils continuait à la dévisager, soucieux.

— Pourquoi t'enlèves jamais ton collier ?

— Oh, ça ? se ridiculisa Jade. Hmm... c'est parce que c'est un cadeau de ton père. J'y tiens beaucoup.

— Eh ben moi, je l'aime pas.

Boudeur, Léo se dirigea vers la cuisine pour préparer son petit-déjeuner.

Jade devait se montrer plus vigilante. User du médaillon de Fontanges lui était devenu un peu trop naturel.

Pour autant, la jeune femme n'oublia pas son projet de rencontrer les superstars du Festival de Cannes.

Les vacances terminées, Jade attendit patiemment le mardi après-midi pour bloquer le temps et monter sur Arras. Pour une fois, elle aurait bien aimé pouvoir accélérer les heures, tant elle avait hâte. Bon gré, mal gré, elle s'engagea sur l'autoroute en espérant que ce serait plus rapide. Elle se fixa sur la voie de gauche, eut par moments à zigzaguer entre les voitures. Jusqu'à Vierzon, tout se déroulait sans accroc. Mais arrivée avant Orléans, les choses se gâtèrent. Elle déboula sur une estafette en train de doubler un camion, et là, pas moyen de passer entre les véhicules ni de rouler sur la bande d'arrêt d'urgence, comme l'un d'eux empiétait allègrement dessus. Jade se résigna et opéra un demi-tour pour se retrouver à contresens sur l'A20. Elle opta pour prendre la première sortie. Raté ! C'était une aire de repos ! Ce petit désagrément l'obligea à remonter jusqu'à Lamotte-Beuvron. Jade se maudit. La situation risquait d'être critique en arrivant sur Paris. Elle décida donc de passer par les nationales et les départementales. Des détours, elle en fit un paquet. Au moins, elle avait appris une autre leçon : ne pas se fier aux calculs d'itinéraires lorsque l'on a un talisman pour stopper le temps. Épuisée, Jade s'arrêta sur Melun. Elle se mit en quête d'un supermarché pour y effectuer quelques courses, déposa l'argent en caisse, bien trop pressée de terminer cette escapade. Elle dénicha ensuite un bon hôtel, repéra une chambre libre et s'y relaxa quelques heures avant de reprendre la route. Au bout d'une épopée longue de quatorze heures, Jade arriva à Arras. Elle rechercha la rue du Presbytère Sainte-Croix où se situait l'atelier de Sylvie Facon. Elle finit par trouver ce qui ressemblait davantage à une maison d'hôte qu'à une boutique ayant pignon sur rue. Des fenêtres aux grands volets noirs couvraient la façade blanche et sobre. Si une incroyable couturière se cachait là-dedans, cela ne laissait rien paraître. Jade se demanda si elle n'avait pas commis une erreur en venant sur Arras. Elle tenta néanmoins de pousser la porte en vitre et fer forgé. Elle s'ouvrit. Autant l'extérieur dégageait un côté sombre et lugubre, autant l'intérieur était lumineux et cossu. Jade trouva une pièce envahie par une imposante cheminée en marbre et son grand miroir richement orné, accroché au-dessus. Elle brailla lorsqu'elle tomba nez à nez avec la propriétaire des lieux. Une superbe rousse – dont la coiffure lui rappelait celle des stars hollywoodiennes des années 80 – la fixait avec un large sourire. Intriguée, Jade se retourna pour voir si elle s'adressait à quelqu'un en particulier, mais personne à part Sylvie Facon ne semblait habiter l'endroit. Par précaution, la jeune femme passa sa main devant le visage de la créatrice, mais ne récolta aucune réaction. Un élégant matou au long pelage gris était assis sur une table en bois brut garnie de croquis, de pinces, de bobines de fil et d'un carton rempli d'échantillons de soie et de taffetas. Il observait sa maîtresse. On aurait pu aisément le confondre avec une peluche. Jade décida de faire le tour du propriétaire. Les pièces étaient toutes encombrées d'armoires, de commodes rustiques, de mannequins et de cintres portant des parures plus originales et somptueuses les unes que les autres. La jeune femme s'attarda sur les incroyables créations. Elle en reconnut certaines. Notamment les robes livres, des apparats d'une grande finesse et pleins de poésie. Jade s'imagina à l'intérieur de ces splendeurs pour gravir les marches du Palais des Festivals. Elle ferait sensation, c'est certain, mais peut-être valait-il mieux la jouer soft. Elle pourrait enfiler cette magnifique robe en dentelles, ou encore l'une de ces merveilles florales aussi élégantes qu'aériennes. Dedans, elle aurait l'air d'une fée. Mais son regard se posa sur une œuvre en satin moiré et guipures dont la poitrine accueillait un grand cadran brodé d'où pendait un chapelet de montres anciennes. Ses galons, fils d'or et perles irisées reluisaient à la lueur du jour. Jade remarqua une étiquette épinglée au col. Elle lut : « Mon horloge interne ». Si ça, ce n'était pas un signe ! Cette robe n'attendait qu'elle ! Certes, on repasserait pour le côté sobre, mais cette parure représentait à merveille l'état d'âme et la vie de Jade.

La jeune femme prit mille précautions en procédant aux essayages. Elle s'observa dans un miroir et eut envie de pleurer. Jamais elle ne s'était trouvée aussi jolie. Elle qui, d'habitude, détestait l'image que ces miroirs lui renvoyaient ! Pour la première fois depuis une éternité, elle s'estima plus que potable, confirmant ainsi son impression : cette splendeur avait été conçue pour elle !

Jade plaça la robe avec la plus grande délicatesse dans une housse, sur la banquette arrière de sa voiture. Elle y réfléchit longuement, mais jugea plus correct de laisser un mot à l'attention de la styliste.

« Je vous ai emprunté l'une de vos extraordinaires créations. Ne cherchez pas comment, vous n'y croiriez

pas. Même moi, j'ai encore du mal par moments. Mais sachez que j'en prendrai soin et que je vous la ramènerai rapidement. J'admire profondément votre travail. Vous êtes fabuleuse. »

Jade se mit en quête d'un hôtel-restaurant avec buffet, histoire de manger autre chose que des chips et des sandwichs au jambon. Après quelques heures de sommeil, elle déposa un dédommagement à l'accueil avant de reprendre la route. Évidemment, personne ne saurait jamais d'où proviendrait cet argent ni pourquoi il manquait des victuailles à la cafétéria, mais la jeune femme tenait à sa respectabilité. Contrairement à l'aller, Jade s'accorda du temps pour visiter quelques monuments emblématiques et les musées alentour. Elle en profita pour flâner dans des parcs animaliers et faire des selfies avec des lions, des panthères, des koalas qu'elle enlaça, des hippopotames et des rhinocéros contre lesquels elle se pressa, des lémuriens, des loutres et des suricates qu'elle serra dans ses bras. Des occasions magiques que Jade n'aurait jamais cru vivre un jour. Elle s'octroya un moment de détente dans un bowling ou encore, chercha des sensations fortes dans un karting. Quel doux sentiment que celui de s'imaginer en vacances perpétuelles ! Mais ses obligations l'attendaient.

Jade arriva à la maison et laissa courir le temps jusqu'au lendemain. Cette escapade, bien que fatigante, l'avait moralement requinquée. Elle était prête pour la phase deux.

CHAPITRE 10

— Mamaaaaaan ! hurla Emma, plantée au beau milieu de la cuisine.

— Oui, ma louloute ? Que t'arrive-t-il ?

— J'ai plus de pantalons !

— Bien sûr que si ! Regarde dans ton placard.

— Mais nooon, j'te dis ! Y en a plus ! Ils sont tous au sale !

— Ce n'est pas po…

Jade réalisa alors qu'elle avait totalement oublié d'étendre les vêtements qui végétaient toujours dans le tambour du lave-linge. Son projet « Festival de Cannes » accaparait toutes ses pensées. Aujourd'hui plus que jamais.

— Ce n'est pas grave, se reprit-elle. Tu n'as qu'à enfiler une jupe.

— Mais mamaaaaan !

— Allez ! Oust ! Dépêche-toi d'aller t'habiller ! Hors de ma vue !

La petite monta l'escalier en boudant et en martyrisant les pauvres marches.

— Et arrête de taper des pieds !

La mini rebelle insista davantage. Jade souffla. Elle avait comme le sentiment que tout foutait le camp dans sa famille. Le reste s'améliorait certes, pourtant ici, en son propre territoire, les choses lui échappaient de plus en plus. Mais la jeune femme n'avait pas le temps d'y remédier. Enfin, si, elle l'avait, mais Jade ne souhaitait pas user de ce privilège pour cela. Du moins, pas maintenant. Elle verrait plus tard, car il y avait plus urgent. Elle pouvait stopper l'instant, mais elle ne pouvait ni l'accélérer ni procéder à un retour en arrière.

Elle s'apprêta à éteindre le téléviseur que Max avait laissé allumé lorsqu'elle entendit la voix de la journaliste prononcer le mot « Arras ». Sursautant, Jade écouta attentivement.

« — ... *le larcin a eu lieu la semaine dernière et personne ne peut expliquer comment le voleur s'y est pris pour pénétrer dans la bijouterie...* »

Soupir de soulagement. Jusqu'à présent, personne n'avait mentionné son « emprunt à moyen terme ». Ni les médias, ni la presse, ni les réseaux sociaux ne s'étaient emparés de l'affaire de la robe horloge dérobée dans l'atelier de la célèbre Sylvie Facon. C'était incompréhensible ! À moins que la situation fût trop troublante pour être évoquée...

Jade se retourna brusquement vers ses enfants et les précipita vers la sortie.

— Mais attends maman ! J'ai pas mis mes chaussures ! rouspéta Emma.

— Eh bien moi, je les ai déjà mis ! frima Louise.

— « Mises », rectifia Jade.

La benjamine tira la langue, sa sœur répliqua aussitôt. Léo leva les yeux au ciel, exaspéré, puis son regard s'arrêta sur sa mère.

— Pourquoi tu t'es fait belle ? lança-t-il, suspicieux.

— Et pourquoi n'en aurais-je pas le droit ?

— Tu vas au travail ! Tu te maquilles jamais quand tu vas au travail ! ne se démonta pas le gamin.

— Eh bien, j'ai peut-être envie de changer mes habitudes, tenta de se dédouaner Jade.

— Hmm !

Une fois arrivés à l'école, les fillettes embrassèrent leur mère, mais Léo se précipita vers la cour, comme pour l'éviter. La jeune femme se demanda si son fils n'avait pas des soupçons la concernant, elle et son précieux médaillon. Naan… c'était ridicule !

Jade rongea son frein toute la matinée. Si seulement ses yeux pouvaient avoir la faculté d'avancer les minutes toutes les fois qu'elle les posait sur l'horloge, elle serait déjà à Cannes à l'heure qu'il est !

Enfin, midi sonna. L'enseignante déboula hors de sa salle pour se mêler aux brailleries des adolescents pubères chahutant dans les escaliers. D'ordinaire, elle aurait attendu la fin de cette déferlante boutonneuse avant de quitter sa classe, mais là, Jade était aussi pressée qu'eux.

Une fois sa voiture atteinte, elle s'enferma à l'intérieur, caressa le Talisman de Fontanges en soupirant, puis ordonna au temps de se suspendre. Elle jeta un œil vers l'établissement scolaire dans lequel elle venait d'emprisonner pour quelques jours ses collègues et une tripotée d'adolescents.

— Désolée, lâcha-t-elle dans un sourire ravi.

Alors, elle démarra le monospace et prit la route, direction le Sud.

Cette fois-ci, Jade ne se ferait pas avoir ! Tout le

long du trajet qui la menait jusqu'à Cannes, elle intervertit entre autoroutes, nationales et départementales. Elle déjeuna où elle voulait. Étant partie sur les coups de midi, tous les restaurants ouverts vendaient de la nourriture à profusion. C'était agréable de pouvoir s'alimenter au gré de ses envies sans avoir à attendre. Elle en profita pour visiter Valence, Avignon, Aix-en-Provence, qu'elle ne connaissait pas. Même si elle préférait un bon lit, Jade piqua un somme sur la digue du port de plaisance de Fréjus. D'habitude, admirer la mer l'apaisait. De se perdre dans ces immensités aquatiques, elle en oubliait la notion du temps. Le bruit des ressacs, celui des mouettes. Cependant, là, ne dominait rien d'autre que le silence. Jade avait le sentiment de regarder une carte postale en 3D. Aucune émotion. Juste cette belle étendue miroitante sous le soleil dès que la jeune femme bougeait. Elle eut un pincement au cœur, une forme de nostalgie, et son esprit philosopha. Comment la vie pouvait-elle avoir du sens sans le clapotis des vagues, sans l'odeur de la marée, comment pouvait-elle avoir du sens si la vue était le seul qui nous restait ? Elle n'osa imaginer ce que ressentaient les personnes ayant perdu les leurs, pire s'ils en avaient perdu plusieurs. Jade erra paresseusement au bord de l'eau, à observer ces bateaux raides sans le tumulte des lames, les embruns suspendus au vol et qui ne la rafraichiraient jamais.

— Stop, dit-elle, déterminée.

Sa respiration s'accéléra aux cris des goélands et des plaisanciers. Jade ferma les yeux de bonheur lorsque les gouttelettes iodées tapotèrent son visage. Elle gonfla ses narines pour accueillir les fragrances d'algues et de phytoplancton. « La vie est une chance », se répéta-t-elle.

Jade décida de poursuivre son périple sans figer l'instant. Contrairement à ce qu'elle aurait cru, elle retrouva une certaine satisfaction à partager la route avec d'autres conducteurs, à céder le passage aux piétons, à se manger des feux rouges et des ronds-points. Cela étant, elle savait pertinemment que son temps était compté. Elle le stoppa une nouvelle fois avant de pénétrer dans la cité cannoise. Elle arpenta des avenues bordées de demeures luxueuses et longea le Vieux-Port pour déboucher sur l'incomparable boulevard de la Croisette. Comme elle ne pouvait aller plus loin, Jade décida d'abandonner son monospace en plein milieu de la chaussée. En sortant du véhicule, ses yeux s'arrondirent devant les hauts palmiers, les pins maritimes et les massifs de fleurs qui agrémentaient les terre-pleins. Slalomant entre les gens, elle découvrit le Walk of Fame de Cannes. Sur la frise qui suivait le trottoir, Jade reconnut les empreintes des mains de Luc Besson, Sylvester Stallone, Sharon Stone ou encore Sophie Marceau laissées sur les carreaux de ciment. Elle prit le temps de tous les admirer. Puis, elle longea le casino Barrière aux allures de fête foraine vieillissante. Là, les choses se corsèrent. Une foule s'agglutinait de part et d'autre de l'imposant escalier du Palais des Festivals. Il était quasiment impossible d'apercevoir les stars qui gravissaient les marches. Des barrières et des cordons de sécurité empêchaient tout passage. Des centaines de journalistes en costards bordaient le tapis rouge, leurs cartes de presse autour du cou. Jade repéra quelques personnalités en haut de l'escalier, mais d'où elle se situait, elles avaient davantage l'aspect d'insectes bizarroïdes que d'humains. La jeune femme tenta une percée. Elle parvint à se faufiler jusqu'aux premières grilles. Mais un fossé persistait entre les gens du petit peuple et les intouchables. S'appuyant sur les épaules de deux nénettes statufiées près d'elle – et à renfort de « pardon, désolée, excusez-moi » à leur attention –, Jade se hissa sur la barrière. Enfin, elle pouvait apercevoir les quelques célébrités. Personne de reconnaissable, hormis peut-être Alexandra Lamy. Et encore ! Elle n'en était pas certaine. Zut ! Elle était venue jusqu'ici pour des stars bien précises. Elle espéra ne pas les avoir loupées. Redescendant, Jade décida de se rencarder.

« Stop ! »

— Eh ! mais… comment av…, protesta la femme sur sa gauche.

— Est-ce que l'équipe du film « Acid Rain » est arrivée ?

— Non ! Mais vous ne…

— Et Tim Burton ? la coupa-t-elle à nouveau afin que cette nunuche n'attire pas l'attention sur elles.

— Comment avez-vous…

Elle perdait son temps. Jade s'adressa immédiatement à quelqu'un d'autre.

— Pardon ! Est-ce que Tim Burton est déjà arrivé ?

— Oui, répondit la troisième femme, désorientée.

— Zut !

Il y eut de l'agitation derrière elle. La première nénette continuait de protester, ce qui en avertit d'autres qui se mêlèrent à l'équation. Cela commençait à sentir le roussi.

« Stop ! »

Le temps pour Jade de s'éclipser et d'aller un peu plus loin. Alors, elle relança l'instant et patienta. Jade prit les mesures qui s'imposaient pour passer inaperçue et se planquer quand l'ergoteuse braquait ses yeux dans sa direction. Au bout de quelques minutes, elle eut la paix comme tout le monde acclamait les nouveaux arrivants. L'intrusion mystérieuse d'une nana obnubilée par Tim Burton était devenue de l'histoire ancienne. Une limousine en chassa une autre, et la foule en délire renchérissait. Une immense star approchait. En effet, Keanu Reeves descendit du véhicule et salua les journalistes. Le cœur de Jade battit la chamade. L'acteur faisait partie de ses idoles ! Elle ignorait sa présence au festival. Elle ordonna une pause. Celui-là, elle ne le manquerait pas !

Jade se précipita vers sa voiture ; elle ne sut trop pourquoi d'ailleurs, rien ne pressait. Elle remarqua qu'une Porsche était stationnée juste derrière elle, avec un homme fort mécontent au volant et la main prête à appuyer sur le klaxon. Elle sortit la merveilleuse robe horloge de Sylvie Facon de sa housse et se cacha dans l'ombre de la portière de son véhicule pour l'enfiler avec précaution. Certes, tous ces gens étant « stupéfixés », ils ne la voyaient probablement pas, mais elle préféra ne prendre aucun risque. Ensuite, elle soigna son maquillage et sa coiffure, échangea ses baskets contre des escarpins et fila vers les marches du Palais. En longeant une nouvelle fois le chemin des célébrités, Jade s'amusa à les imiter. Le dos bien droit, le ventre rentré et la tête haute, elle progressa lentement, telle une lionne prête pour la chasse. Elle était une jolie femme selon les critères de beauté du moment. Son physique se fondait bien dans la masse élitiste. Elle s'introduisit au milieu du personnel du service de sécurité et remonta le trottoir couvert de moquette rouge en zigzaguant parmi les starlettes, jusqu'à l'entrée. Tournant la tête sur sa gauche, Jade aperçut la foule agglutinée derrière les barrières, les bras levés et les bouches ouvertes en direction de Keanu Reeves qui les saluait. Elle était aux anges ! Elle avait tout ce beau monde rien que pour elle. L'un de ses rêves allait se réaliser : rencontrer ses artistes préférés. Certes, les circonstances étaient plus que particulières, Jade ne pourrait pas échanger avec elles, juste prendre quelques clichés souvenirs qu'elle seule pourrait revoir indéfiniment, mais le jeu en valait la chandelle.

La jeune femme arriva à hauteur de l'acteur. Il était superbe dans son smoking noir avec sa barbe légèrement broussailleuse et ses cheveux poivre et sel tombant sur ses épaules. Jade chercha un point de vue idéal pour le photographier. Finalement, elle le mitrailla sous toutes les coutures. Quand elle eut terminé, la groupie s'approcha de l'artiste pour lui murmurer quelques mots.

— Je voulais vous dire que je vous admire profondément. Non seulement vous êtes un acteur talentueux, mais vous êtes un être humain très vertueux. Beaucoup devraient prendre exemple sur vos actions. Que Dieu, s'il existe – à moins que ce ne soit vous –, vous prête vie encore de nombreuses années.

« Hmm… Est-ce que vous m'accorderiez une photo ? J'aurais préféré quelque chose de plus… vivant, mais si je relançais le temps, je me ferais jeter comme une malpropre. À juste titre, sans doute, mais bon, comme j'ai ce pouvoir, ma foi…

Jade avait repéré quelques minutes plus tôt l'angle parfait. Elle cala son smartphone dans les doigts d'un paparazzi qui tenait déjà un appareil. Ensuite, elle enclencha la minuterie, se plaça rapidement près de l'acteur et patienta une dizaine de secondes. Elle récupéra son téléphone pour évaluer le cliché. Mouais… en prendre plusieurs serait une bonne idée. Alors, Jade se lâcha. Elle essaya plusieurs poses, joua avec son environnement. Des photos sérieuses, d'autres un peu moins, mais rien de dégradant pour elle ou pour son hôte. Puis, elle saisit la main de Keanu Reeves et le remercia avant de s'orienter vers les marches. Là, planté devant elle, un speaker d'une chaîne de télévision européenne débitait son discours muet face à un caméraman et son perchiste qui tenait un écran. D'autres journalistes échangeaient entre eux dans une posture figée. Un homme en costard et lunettes de soleil, semblant étranger à tout ce qui se passait, les observait tandis que personne ne le regardait. Un peu au-delà, une ligne de célébrités patientait, juste à l'orée du dôme improvisé, pour être photographiée. Sous l'immense tonnelle de verre et d'aluminium, une équipe était sous le feu des projecteurs, posant sur le tapis rouge. De chaque côté, contenus sur des strapontins et par un cordon, les paparazzis avaient troqué leurs tenues de camouflage pour un costume de pingouin. De part et d'autre des estrades, des hôtesses d'accueil, vêtues d'une robe noire toute simple et d'une écharpe écarlate, gardaient les entrées principales. Jade leva les yeux au ciel pour admirer les gigantesques projecteurs qui éclairaient les convives. Elle passa le premier groupe, les observa et ne reconnut aucun d'eux. Elle arriva à hauteur de la seconde équipe de tournage. Là, elle identifia une actrice dont elle avait zappé le nom. De toute manière, elle ne l'appréciait guère. Trop prétentieuse à son goût. Tim Burton était à l'intérieur, elle savait où le chercher, mais les autres, mystère. Jade se retrouva devant un problème de taille. Débloquer le temps s'avérait nécessaire pour qu'ils puissent faire leur entrée, et sa tenue ne passait pas inaperçue. Elle eut l'idée de revenir sur le trottoir qu'elle avait emprunté plus tôt. Pas la partie qu'elle avait arpentée, mais la portion abritée par un tunnel de toile. Des stars arrivaient forcément par-là ! À contre-courant, elle slaloma entre les invités. Banco ! Devant elle, Brad Pitt était en grande conversation avec Robert Downey Jr. Ils étaient tellement beaux ! Jade s'arrêta pour les admirer. Son cœur s'emballa. Keanu Reeves, c'était déjà un sacré moment, mais deux d'un coup, la jeune femme avait de quoi défaillir.

— Ressaisis-toi, midinette ! Ce ne sont que des humains ! Oui, mais des humains qui s'appellent Brad Pitt et Robert Downey Jr…

Étudiant l'endroit, Jade se résigna. Il n'était pas approprié pour prendre des photos convenables. Elle devait donc prononcer le mot magique pour permettre aux deux acteurs de rejoindre les marches du Festival, et, dans sa tenue, elle mettait en péril tout ce qu'elle s'était évertuée à échafauder. Afin de passer inaperçue, elle ôterait sa robe, mais bougerait également son monospace pour éviter de se créer un autre problème avec le flambeur en Porsche. Une fois arrivée jusqu'à sa voiture, elle se déshabilla avec précaution, puis s'assit au volant.

« Stop. »

Le bruit du klaxon agressa immédiatement ses oreilles. Jade entendit l'homme s'agacer et lui lancer des injures. La jeune femme remonta doucement la Promenade de la Pantiero à la recherche d'une place ou d'un bout de trottoir sur lequel elle pourrait grimper, mais le petit train touristique était garé sur le seul emplacement libre et d'imposantes bittes blanches ainsi que des garde-fous longeaient l'accotement. Jade décida alors de tourner au coin de la gare maritime, en direction de la jetée. Elle entendit le vrombissement d'un gros cylindré et les hurlements du malotru :

— Quand on n'sait pas conduire, on retourne chez les ploucs !! Connasse !!

Elle préféra ne lui accorder aucun intérêt.

Jade se retrouva dans une impasse. Elle ne pouvait poursuivre la route fermée par une barrière et n'avait pas d'autre issue que de se rendre dans le parking souterrain. Seulement, dans le réel, les minutes ne se rallongeaient pas. Le temps qu'elle trouve une place et qu'elle reparte à pied, elle risquait de manquer Brad Pitt et Robert Downey Jr. Elle jugea préférable de revenir sur le boulevard de la Croisette. Juste en bas du casino, une petite esplanade lui offrait suffisamment d'espace pour stationner. Au culot, Jade décida de s'y garer et arrêta l'instant. Elle sortit précipitamment de la voiture, direction : l'entrée du Palais des Festivals. Là, elle les vit ! Le timing parfait ! Les deux acteurs paradaient sous la tonnelle de verre, dans une posture éternelle. Jade opéra un demi-tour pour récupérer la robe de Sylvie

Façon. Elle l'enfila avec minutie, arrangea sa coiffure qui avait souffert de ses va-et-vient, réajusta son maquillage martyrisé par les bouffées de chaleur et lâcha prise. Cette fois-ci, c'était la bonne. Jade marcha avec dignité sur le parvis, jusqu'aux deux célébrités. Comme avec Keanu Reeves, elle les shoota sous tous les angles, puis élabora divers scénarios pour diverses allures. Accrochée à leurs bras, tantôt sérieuse, tantôt glamour ou amusante, la jeune femme y éprouva un plaisir fou.

— *Fais-lui un p'tit smack !* l'attisa Tentation.

— *Ça va pas non !* éructa Conscience. *C'est du viol !*

— *Pouah ! Mouahaha ! Du viol ! Tout d'suite les grands mots ! J'ai pas dit non plus de les embrasser sur leurs...*

— STOP ! explosa Jade.

— *Bouches... je voulais dire « bouches ». T'emballe pas non plus !*

Des flashs assaillirent la jeune femme qui comprit aussitôt son erreur. Portant instinctivement ses bras devant ses yeux, elle hurla au temps de s'arrêter. Lorsqu'elle les baissa, Jade put apercevoir quelques mines abasourdies, dix vigiles et trois hôtesses fondre sur elle. Brad et Robert la mataient avec cette expression de surprise gravée sur leurs visages. Cette escapade tournait au fiasco. Jade n'avait plus droit à l'erreur. D'ailleurs, elle devait mettre fin aux interventions de Tentation et Conscience.

La groupie racla sa gorge. Hissée sur la pointe des pieds, elle déposa un baiser sur la joue de chacun d'eux en s'excusant et en les remerciant pour leur patience.

(Comme s'ils avaient le choix.)

Nouvel objectif : trouver sa dernière cible, Tim Burton !

Jade gravit les marches, se retourna pour regarder la perspective que cette situation offrait, puis pénétra dans le hall du Grand Auditorium Louis Lumière. Ne connaissant pas les lieux, elle suivit le cheminement des invités et arriva dans une immense salle de spectacle. Les 2 309 places que comptait cet espace la découragèrent aussitôt, mais elle se raisonna assez vite. Après tout, elle possédait tout le temps nécessaire et de nombreux sièges étaient vacants, ce serait un poil plus rapide. Prenant une profonde respiration, Jade se mit en quête de Tim Burton. Elle tomba sur Hugh Jackman et se rappela qu'il était l'acteur fétiche d'une de ses collègues. Elle ne manqua donc pas l'occasion de se photographier et de se filmer avec lui, jubilant à l'idée de faire rager son amie (même si la perspective de lui montrer un jour ces clichés était impensable).

Le cinéaste n'était pas dans le Grand Auditorium. En tant que maître de cérémonie, c'était peut-être normal. Mais où le chercher ? Elle visita tout l'étage et finit par trouver le messie dans un bureau, en pleine discussion avec d'autres personnes, probablement les membres du jury.

— Désolée d'interrompre votre réunion, s'adressa-t-elle dans le vide, mais je voudrais juste prendre un selfie avec vous, monsieur Burton. J'admire votre travail depuis si longtemps ! Pour moi, vous êtes le plus talentueux, original et exceptionnel réalisateur que je connaisse.

Lorsque Jade se plaça à ses côtés, elle eut la

curieuse impression que Tim Burton lui souriait, comme ce fut le cas avec Sylvie Facon. C'était très perturbant. Le décompte se termina et un flash sortit de son smartphone.

CHAPITRE 11

Papillonnant de bonheur, Jade avait repris son cheminement sous le tunnel de toile, boulevard de la Croisette, en se faufilant entre les artistes. Elle identifia Sharon Stone, Tom Hiddleston ou encore Benedict Cumberbatch. Et hop ! des portraits et des vidéos souvenirs !

Exténuée, la jeune femme s'aventura au bord de la mer pour s'y détendre. Elle se déchaussa, descendit les quelques marches brûlantes et longea une nouvelle barrière qui cloisonnait une partie de la plage. À chacune de ses foulées, le sable se creusait pour se reformer automatiquement à son passage. C'en était troublant. Jade décida de mener une autre expérience. Elle franchit les grilles pour se mettre à l'abri des regards (même si, encore une fois, cette précaution était bien inutile). Elle marcha quelques instants, puis leva les yeux vers le bâtiment colossal qui s'élevait derrière l'énorme restaurant. Elle lut : « Le Majestic Barrière » et comprit aussitôt qu'elle se trouvait sur la plage privée de cet hôtel de luxe. L'un de ceux dans lesquels descendaient les stars du Festival de Cannes.

— Ce serait intéressant d'y jeter un œil, dit-elle pour elle-même.

Jade n'était pas coutumière d'une telle orgie de richesse, aussi, elle souhaita savoir à quoi ces intérieurs pouvaient ressembler. Plus tard. Pour le moment, place à sa nouvelle expérimentation !

Elle avança vers l'eau figée et ôta la robe horloge pour la déposer délicatement sur un bain de soleil, à l'abri d'un parasol. Une fois déshabillée, elle fendit la surface de la mer. C'était le mot juste. Comme pour le sable, la matière rafraichissante se reformait dès qu'elle la traversait. Jade eut le sentiment de nager dans de la gélatine. Aucun risque de boire la tasse, et son corps restait parfaitement sec. Elle s'autorisa quelques brasses et plongea la tête dans cette gelée méditerranéenne. Mauvaise idée ! Jade étouffa littéralement ! Elle remonta instantanément, les cheveux intacts. La sensation sur sa peau nue n'était pas désagréable, juste inhabituelle. Après sa baignade hors du commun, la jeune femme s'allongea sur un transat. Son improbable échappée belle prenait fin. Après un bon repas et quelques heures de sommeil, elle reprendrait la route pour retrouver sa routine. Elle soupira et finit par somnoler.

En ouvrant les yeux, Jade sursauta à la vue d'une mouette au-dessus d'elle qui ne bougeait pas d'une plume. Durant un instant, son cerveau s'efforça de rassembler les miettes de ses souvenirs. Non, ce n'était pas un rêve. Le Talisman de Fontanges pendait toujours autour de son cou, et elle était étendue, nue comme un ver, sur un bain de soleil de millionnaire. Son ventre gargouilla furieusement pour sonner le signal du départ. Jade se rhabilla et regagna sa voiture. Après avoir déposé la robe de Sylvie Facon dans son étui, elle démarra tranquillement, évitant certaines camionnettes et limousines, passa devant plusieurs boutiques somptueuses et arriva à hauteur d'un magasin circulaire nommé Gaucherand, surmonté par un dôme en métal ajouré. De là, la jeune femme tourna sur l'allée de pavés cramoisis qui menait à l'entrée du palace. Elle abandonna son véhicule à l'abri du soleil, derrière le petit rond-point où dominait N° 81.0, une sculpture de Patrice Pit Hubert, à la fois insectoïde, ovoïde et aux allures de carrosse blanc (à moins que ce ne soient des pendules...). Décidément, la notion de temps la suivait partout. Elle récupéra sa valise, puis se dirigea vers le perron de l'hôtel du Majestic Barrière. Jade contourna des bagagistes et quelques touristes avant de pénétrer tout d'abord dans un sas circulaire, puis dans un micro couloir où des produits fastueux s'exhibaient dans des niches vitrées. Elle déboucha dans un hall immense, acajou et or. Elle leva les yeux au plafond pour admirer les grands lustres en cristal qui pendaient. Jade déambula parmi les salons, laissant traîner sa main sur le velours des canapés et le cuir des fauteuils de bridge. Elle ausculta les brochures posées sur les tables basses. Sur sa droite, la réception s'étalait tout le long. Sur sa gauche – outre un mur tapissé de portraits de célébrités et d'un écran de télé -, un escalier était gardé par une réplique de statue grecque – peut-être Apollon. Jade supposa que ces marches montaient vers les chambres. En face, un autre corridor. Peut-être la direction des restaurants ?

Jade avait faim et la fatigue la gagnait. Jamais elle ne pourrait s'offrir un tel endroit, même si l'expérience la tentait sacrément. Toutefois, elle décida que le peu en valait déjà beaucoup, du moins à son échelle. Elle laisserait un dédommagement, certes peu conséquent, mais tout de même de quoi ne pas trop culpabiliser. De toute façon, en relativisant bien, elle ne trouverait sans doute pas un hôtel ou un restaurant abordable dans les parages, alors… hein… Jade se dirigea vers les concierges. Le comptoir était tellement haut qu'elle ne parvint pas à voir ce qui se passait réellement derrière. Elle décida donc de l'escalader. La jeune femme fouina dans les casiers pour dégoter une chambre libre. Elle ouvrit grand les yeux lorsqu'ils se posèrent sur une dénommée « Suite Majestic ». Une suite ! Ce devait être ce genre de studio avec salon, terrasse, chambre XXL et tout le tralala ! Le truc hors de prix ! Le machin que seul le prince de Dubaï pouvait s'offrir ! Jade se mordit les lèvres. Osera, osera pas ? Après tout, on ne vit qu'une fois ! Et avec son pouvoir, ce sera comme si elle n'était jamais venue dans cet hôtel… Osera ! Jade s'empara du passe et se mit en quête de cette « chambre » d'exception. Après avoir tourné durant une bonne demi-heure, elle finit par dénicher le paradis sur Terre.

— Oh, mon Dieu ! laissa-t-elle échapper.

Plus qu'une suite, Jade pénétrait dans un appartement plus vaste que sa maison. Non, *infiniment* plus vaste que sa maison ! Elle traversa un vestibule avec deux dressings de chaque côté, une salle à manger gigantesque qui débouchait sur un séjour bien plus monumental, puis trouva plusieurs salons avec leurs petits balcons. Jade visita deux chambres flanquées d'un bureau et encore d'un salon chacune. Toutes deux possédaient leurs propres salles de bains. Elle caressa les serviettes armoriées au fil d'or. Elle avait repéré dans le vestiaire de droite, juste à l'entrée, des marches et une porte dérobée qu'elle passa. Quelle ne fut pas sa surprise en découvrant un coin fitness, et même un mini espace coiffure ! Grimpant l'escalier, Jade atterrit sur une immense terrasse, bien plus grande que le rez-de-chaussée de sa demeure ! Et il fallait la voir pour le croire ! Tout en teck, elle offrait des transats douillets, une table de jardin pouvant accueillir six personnes, des bancs tout autour et surtout une piscine fichée au bout ; une piscine, au dernier étage de cet époustouflant palace, qui dominait la mer et le Festival de Cannes. Jade gravit les quelques marches, pour s'asseoir sur la margelle. C'était hors norme ! Elle réalisa à quel point de tels fossés pouvaient séparer les gens, et ça la mina. Nous vivions tous dans des mondes à l'intérieur du monde. Et aucun d'eux n'était voué à se rencontrer. Consternant, quand on sait que nous sommes tous conçus de la même manière, avec la même finalité. Quelle tristesse de comprendre qu'aucune égalité parfaite n'existera entre les Hommes ! Finalement, ça lui coupa l'appétit. De toute manière, des corbeilles de fruits exotiques et des plateaux de pâtisseries l'attendaient dans le salon, juste à côté, si la faim se faisait ressentir. Manifestement, quelqu'un avait préparé cette super méga suite de la mort qui tue pour un élu de la race humaine ! Jade n'osa même pas défaire les draps de ces lits cousus d'or, elle préféra s'allonger sur l'un des bains de soleil – par ailleurs très confortable –, pour piquer un somme. Plus simple, plus *elle* au final.

PARTIE 2

LA VIE CATACLYSMIQUE DE JADE

CHAPITRE 12

Jade dégusta les fruits sous cloche parsemés de copeaux d'or et les mignardises exposés sur les tables basses. Il n'y avait pas à dire, c'était pompeux, mais d'une saveur incomparable. Puis, elle fit un brin de toilette dans l'une des salles de bains et s'aspergea avec une fragrance flambant neuve de Christian Dior avant de quitter la suite.

— Incroyable ! Cet appart coûte tellement cher que l'hôtel offre même cinq produits cosmétiques de luxe !

En redescendant, Jade chercha le bar. Elle trouva une machine à glaçons et en piqua quelques-uns pour se désaltérer. Puis, elle se dirigea vers la réception. Là, elle vit un individu grisonnant, avec un faux air de Dustin Hoffman, qui semblait plus gradé que les autres concierges puisque sur le col de sa veste étaient épinglées deux broches en or, ciselées de clés croisées. Contrairement à ses confrères nichés derrière les comptoirs, l'homme était figé, l'apparence particulièrement à l'aise, dans le passage des clients. Probablement le chef d'escadrille. Jade s'avança vers l'accueil, s'empara d'un morceau de papier et y griffonna : « Ce n'est peut-être pas grand-chose, mais c'est tout ce que j'ai. ». Enfin, elle le plia en deux après y avoir déposé un billet de cinquante euros, et le glissa dans la pochette du costume du responsable.

— Merci, mon p'tit père. Vous avez un bien bel

hôtel, mais tout ce luxe, déclara-t-elle en agitant la main, c'est quand même sacrément déplacé par les temps qui courent. Bye ! ajouta-t-elle avec un clin d'œil.

Guillerette, elle s'installa au volant de son monospace et démarra. Jade se demanda si, au passage, elle n'irait pas saluer une dernière fois ses stars préférées, mais elle estima qu'elle avait largement abusé de leur patience pour cette fois (non, parce que rien n'excluait qu'elle retente l'expérience ultérieurement !). De plus, une autre virée l'attendait puisqu'elle rapporterait la robe dans le Nord. Quoi qu'il en soit, Jade avait hâte de retrouver Max et les enfants.

Quand elle parvint à quelques kilomètres de l'école de Léo, Louise et Emma, la jeune femme relança le cours de la vie. Elle avait calculé le trajet pour se laisser le temps d'arriver jusqu'à eux. En regardant ses gamins sortir du bâtiment, son palpitant se gonfla. Elle avait le sentiment de ne pas les avoir vus depuis des semaines. Quelque part, ce n'était pas faux. Pour Jade, cet après-midi-là avait duré plusieurs jours, pourtant elle les retrouva tels qu'elle les avait quittés. Ce ressenti la mit mal à l'aise, ce qu'elle ne comprit pas sur le moment. Jade les serra très fort contre elle.

— Je suis si contente, dit-elle, la voix pleine d'émotion.

— Mamaaan !! Tu m'étouffes !!

Mais la jeune femme s'en moquait. Tenir leurs corps contre son cœur était la plus douce des sensations.

— Allez ! En route, mauvaise troupe !

— Qu'est-ce que tu sens ? demanda l'inspecteur Léo.

— Le parfum ! répondit Jade du tac au tac.

— J'ai jamais senti ça sur toi, grommela le garçon.

— J'ai décidé d'innover ! Tu crois que papa va aimer ?

Jade accéléra le pas pour ne pas laisser l'occasion à son fils de répliquer. Elle ne voulait pas qu'il l'attire dans un piège dont elle ne saurait se dépêtrer.

Quand Max rentra, le calme relatif régnait dans la maison et il trouva sa femme préparant le dîner.

— Il pleut des cordes ! Bonsoir, tout l'monde !

— Bonsoir, mon chéri ! Goûte-moi ça !

Le pauvre homme n'eut même pas le temps de poser ses affaires humides qu'une spatule dégoulinant de sauce se jeta sur lui.

— Hmm… délicieux, mon amour.

Jade concoctait un véritable festin. Pour un milieu de semaine, c'était plutôt extravagant, venant de sa part. Léo ne se gêna pas pour le faire savoir.

— Maman est bizarre ! gronda l'enfant.

— Pourquoi c'la ? s'étonna Max.

— Elle fait beaucoup de cuisine, elle ne crie pas et elle sent pas comme d'habitude.

— Vraiment ?

L'homme s'approcha sensuellement de sa femme. Il la renifla en déposant un baiser dans son cou.

— Léo a raison, tu sens bon.

— Tu aimes ? C'est *Dioor, J'adoore*, parodia-t-elle.

— Tu es à dévorer…

Léo grimaça de dégoût et partit en faisant couincr sa chaise.

— Et elle est toute bronzée ! lança le garçon dans un ultime défi, avant de quitter la pièce.

— C'est vrai, ça, reconnut Max. Tu as fait cours dehors ?

Jade ne s'attendait pas à cette remarque. À dire vrai, elle n'avait pas songé une seconde que sa peau aurait pu brunir sous le soleil figé. En réalité, elle ne s'était jamais demandé si le fait de suspendre le temps pouvait se propager dans tout le système solaire, voire la galaxie, voire au-delà.

— Jade ?

Elle sursauta.

— Tu disais ? minauda-t-elle.

Max fronça des sourcils. Léo avait raison, son épouse se comportait de manière étrange.

— Tu as passé ton après-midi à préparer tes cours ?

— Oui, répondit Jade sans réfléchir.

— Et tu as bronzé à travers la fenêtre ?

Se sentant acculée, la jeune femme lorgna son mari qui grignotait un morceau de pain. Soupçonnait-il quelque chose ? Inconcevable qu'il imagine quoi que ce soit à propos du médaillon de Fontanges. En revanche, il pourrait parfaitement penser que Jade le trompait. Grâce à un nouveau mensonge, elle sortirait de cette impasse.

— J'ai travaillé sur la terrasse.

Max gratta son menton, se demandant s'il devait ou non la croire.

— Très bien, se contenta-t-il de dire. Mais il faudra que tu m'expliques pourquoi tu as du sable blond sous tes chaussures.

Et il s'éloigna vers le salon en lui lançant une

œillade bourrée de sous-entendus.

Tandis qu'elle lisait, allongée dans son lit, Max la rejoignit plus tôt que prévu. Une fois sous les draps, il se tourna vers sa femme. Jade ressentit tout le poids de son regard insistant. Elle toussota.

— Alors ? Ta journée a été bonne ?

— Mis à part quelques chieurs sur le chantier, ça va. Ma journée a été bonne.

« Et donc ? Quelle est ton explication ?

— Mon explication pour quoi ? feignit-elle.

— Parce qu'il faut que je te rafraichisse la mémoire ?

Jade pinça ses lèvres. Le cerveau un peu ramolli, elle était à court d'idées.

— J'en conclus que tu n'en as pas.

— Si !

Max pencha la tête et leva les sourcils, attendant ce fameux éclaircissement.

— J'en ai une, mais tu ne me croiras pas.

— Essaye toujours.

Dans de nombreux films ou dans de nombreux livres, dire la vérité – aussi invraisemblable soit-elle – était la meilleure façon de réduire son interlocuteur au silence. Si elle tentait sa chance, sans doute s'en sortirait-elle ? D'une, il ne goberait aucun de ses propos, de deux, il lui ficherait ainsi la paix. Alors, la jeune femme se lança :

— Ce médaillon que je porte tous les jours est en réalité un talisman. Le Talisman de Fontanges.

Allongé sur le ventre, Max l'écoutait attentivement, le menton posé dans la paume de sa main. Jade poursuivit :

— Ce talisman est très ancien et il est magique. Il a le pouvoir d'arrêter le temps. Donc, je l'utilise régulièrement pour pouvoir accomplir certaines choses. Et pas plus tard qu'il y a quatre heures, j'étais dans un hôtel de luxe à Cannes et j'ai rencontré des tas de célébrités.

Considéré sous cet angle, n'importe quel individu sain de corps et d'esprit aurait appelé l'asile pour la faire interner, mais Max, lui, l'observait toujours sans prononcer un mot.

— Oh ! Tu as terminé ?

— Oui ! répondit Jade, sur la défensive.

— Tu as raison, je ne te crois pas.

— Tu vois ! Je te l'avais dit !

— Cependant, j'ai reçu un coup de fil très surprenant. De la part d'une certaine Caudillat. Et elle m'a parlé de ce médaillon et du danger qu'il représente.

Jade en resta bouche bée, tandis que Max s'étendait sur le dos.

— Elle m'a raconté qu'elle te connaissait. C'est vrai ?

— Pas intimement, en tout cas.

— J'espère bien ! Elle m'avait l'air à côté de ses pompes, dit-il en bâillant.

La jeune femme n'aimait pas l'intrusion de cette bijoutière dans sa vie, et quelque chose la chagrinait.

— Comment a-t-elle eu ton numéro ?

Mais Max ronflait déjà.

Décidée à mettre les points sur les « i », Jade se rendit au centre commercial de Guéret. Elle pénétra tel un ouragan dans la boutique et se planta face à une brunette qui servait un client. Elle patienta, l'air féroce, en jetant des coups d'œil pour repérer Caudillat, mais elle ne la vit pas.

— Bonjour, madame, en quoi puis-je vous être utile ?

— Je souhaiterais parler à votre patronne ! gronda Jade.

La belle brune afficha une expression de surprise.

— Je suis navrée, madame Caudillat s'est absentée.

Jade expira fortement par les narines en se mordant la joue.

— Et elle revient à quelle heure ?

— Oh, elle ne sera pas de retour avant une bonne quinzaine de jours.

Elle ne s'attendait pas à une réponse pareille, aussi, elle se radoucit aussitôt. Après tout, la personne que Jade avait en face n'était en rien responsable des agissements de sa cheffe.

— Eh bien, pourriez-vous lui dire que madame Grinot est passée et qu'elle ne veut plus être importunée, sans quoi elle contactera la police. Vous pouvez faire ça ?

— Euh… oui…

Jade tourna les talons, plutôt satisfaite. Elle s'apprêtait à partir, mais se ravisa aussi sec.

— Merci.

Puis elle quitta la boutique. Après tout, elle n'avait pas non plus à se montrer désagréable avec cette employée.

Pendant que les enfants regardaient la télévision, comme il pleuvait à torrents, Jade passa le reste de l'après-midi à effectuer des recherches sur le pendentif de Fontanges, mais ne trouva absolument rien. Google ne cracha que des portraits de la belle favorite ou encore des textes sur l'affaire des poisons, mais rien sur un médaillon aux pouvoirs magiques. Pour la première fois depuis sa découverte – hormis pour prendre sa douche –, elle l'ôta volontairement de son cou. Elle resta de longues minutes à méditer tout en faisant tourner entre ses doigts le magnifique joyau. Ses éclats violet et rouge l'hypnotisaient. *Est-ce que tu as déjà été utilisé avant moi ?* se demanda-t-elle. *D'après les dires de cette bijoutière, ta première propriétaire n'en a pas eu l'occasion. Quelqu'un l'en aurait-il empêché ? Et, est-ce que...*

Jade se redressa d'un coup. Elle venait d'avoir une idée. Encore… Une nouvelle expérience à mener en plusieurs étapes. La première : connaître les limites d'action du talisman. Elle posa la chaîne sur son bureau et ordonna au temps de s'arrêter :

— Stop ?!

Tout paraissait parfaitement calme, plus aucun bruit. Elle patienta quelques secondes supplémentaires jusqu'à ce que Louise se mette à hurler contre sa sœur. Jade reprit le collier et répéta l'opération :

— Stop !

N'entendant aucune réplique de la part d'Emma, Jade descendit au salon. Les trois enfants étaient statufiés sur le canapé, les visages furieux et les gestes ayant envie de se joindre à la parole. Manifestement, pour une histoire de télécommande. Bon… cela voulait dire que le médaillon fonctionnait toujours. La jeune femme se plaça à l'abri des regards et relança le temps. Les cris éclatèrent comme le bouquet final d'un feu d'artifice. Elle retira le collier, le déposa sur le carrelage et renouvela son ordre. Rien ne se passa, tout restait en mouvement. Elle inversa les étapes en arrêtant l'instant et en abandonnant le pendentif sur le sol. Même résultat. Elle avait beau relancer le temps, rien ne se produisit. Ainsi, les effets du talisman n'agissaient que lorsque Jade était en son contact. Eh bien… elle n'avait pas intérêt à le perdre après avoir mis en pause l'univers entier !

La jeune femme défigea l'instant. Un Max trempé comme une souche passa la porte. Il embrassa son épouse en la saluant. Tout en rangeant ses affaires.

— Bonsoir, les enfants ! Un bisou à papa et oust ! Vous me laissez la télé !

Évidemment, l'homme reçut une salve de protestations en retour, mais Jade vint lui prêter main-forte.

— Allez, les loulous ! Laissez votre père se reposer. À chacun son moment de récréation !

D'habitude, Jade aurait exigé que son mari l'aide à préparer le repas, mais, comme de son côté elle avait pris du bon temps, elle culpabilisait un peu. Elle s'apprêtait à regagner la cuisine quand la phrase d'un journaliste l'interpela.

« — … alors que Brad Pitt et Robert Downey Jr arrivaient sur le tapis rouge. L'incident a été très bref, mais nos confrères ont pu immortaliser ce moment. Tout de suite, rejoignons notre reporter sur place, Julie Parmesant.

— C'est ici, hier, à 13 h 54 très précises que s'est produit un phénomène absolument incroyable ! Il n'aura duré qu'une poignée de secondes, pourtant, de nombreux témoignages corroborent cet évènement. Et pas n'importe lesquels puisque les acteurs Brad Pitt et Robert Downey Jr en personne nous ont raconté ce qui est arrivé. Écoutons-les. »

Le direct fut alors interrompu par le visage de Brad Pitt expliquant avec une certaine frénésie ce qu'il avait vu.

« *— Nous étions en train de prendre des photos lorsque cette femme est apparue à mes côtés,* disait le traducteur. *Elle était bien réelle, magnifique, on aurait dit un ange. Elle a disparu au bout de deux secondes, comme ça, comme... comme un fantôme. Et elle a prononcé un mot, elle a dit « stop », et elle a mis son bras devant son visage, comme ça, pour se protéger et pouf ! elle s'est envolée ! Je sais que je prends de l'âge, mais je ne pense pas être sénile. Et puis, nous sommes plusieurs à l'avoir aperçue.* »

Le reportage se coupa pour laisser la place à Robert Downey Jr.

« *— Absolument !* poursuivit le traducteur. *Je l'ai vue comme je vous vois ! Mince, châtain. Elle avait l'air jolie et heureuse aussi. Mais on aurait dit qu'elle avait eu peur de quelque chose parce qu'elle a couvert ses yeux en criant : « stop ! » Ça a duré quoi ? Une ou deux secondes, pas plus. J'ai vu un fantôme ! Ou quelqu'un qui voyage dans le temps. En tout cas, je me souviens qu'elle était vêtue d'une robe atypique.* »

Le téléviseur afficha à nouveau le visage de la journaliste à Cannes.

« — *C'est une histoire à peine croyable, pourtant plusieurs photographes présents ont pu prendre un cliché. Nous nous le sommes procuré. Malheureusement, il est très difficile d'identifier la femme en question dessus, mais il semblerait que la robe qu'elle porte ne soit pas inconnue. Voici la seule et unique épreuve capturée par notre confrère Régis Tuyat.* »

L'instantané flou montrait Jade, le bras droit barrant sa figure, le bras gauche sur la défensive, placé vers l'avant, et sa chevelure en mouvement dessinant une étoile dans l'espace. En effet, le résultat était médiocre, mais Jade constata que la création était authentifiable malgré l'effet fantomatique. Ils zoomèrent sur elle. Avec horreur, elle réalisa que l'on voyait ses bagues très nettement.

Le visage blême, Jade attendit une réaction de son mari, mais Max demeura impassible.

« — *Des spécialistes en criminologie sont en train d'étudier ce cliché pour tenter d'identifier cette inconnue,* reprit la journaliste. *Peut-être sommes-nous face à une voyageuse dans le temps, comme le suggérait l'acteur Robert Downey Jr.*

— *Merci, Julie,* répliqua la femme du journal TV depuis le plateau. *En effet, une bien étonnante histoire. À suivre. Football, l'équipe de France ne… * »

Max changea de chaîne, au plus grand soulagement de Jade. Les rires reconnaissables des sitcoms américains retentirent dans tout le salon. Elle était sauve. Pour cette fois. Mais cette mésaventure démontrait à quel point elle devait se montrer vigilante et ne pas se laisser déborder par les émotions.

Seule dans sa chambre, Jade prit le temps de méditer sur la situation. Que lui avait apporté cette escapade ? Du plaisir, certes, mais saupoudré d'un peu trop de zèle. D'ailleurs, hormis des souvenirs qu'elle ne partagerait qu'avec elle-même, elle en tirait quelle satisfaction ? Bon, c'est vrai, elle n'allait pas se mentir, elle avait vécu une échappatoire plutôt jouissive ! Top ! Il n'y avait pas de mal à ça ! À condition de ne pas occulter le reste. Or, par sa désinvolture, Jade en avait zappé la réalité. Sa réalité. Et ce talisman n'avait probablement pas été conçu dans ce but. La rosserie faite à son imbuvable collègue était un avertissement. Là, se retrouver propulsée à la face du monde en tant qu'apparition du siècle était le second. Jade n'aurait pas de troisième préavis. Elle devait se tenir à carreau et se servir du pouvoir du médaillon avec parcimonie. Elle se promit de moins l'utiliser. Il lui restait juste à rendre la robe, et tout rentrerait dans l'ordre. Nous étions mercredi, elle patienterait durant six jours jusqu'à son mardi après-midi de libre et gérerait plus convenablement son planning. Ainsi, elle ne se sentirait pas bousculée. C'était jouable.

Jade s'assoupit, rassurée.

CHAPITRE 13

Afin de ne pas être tentée, Jade laissa le collier de Fontanges dans le tiroir de son bureau. Pour la première fois depuis longtemps, elle était déboussolée en réalisant combien ce talisman la réconfortait et combien il s'intégrait en elle. Un peu à la manière de ces ados avec leurs téléphones portables, ce pendentif était devenu un doudou.

Ses gestes mal assurés, Jade prépara le petit-déjeuner. Lorsque Léo descendit l'escalier, la jeune femme sentit son regard peser sur elle. Sans dire un mot, il s'empara de son bol et prit la bouteille de lait des mains de sa mère.

— Je vais l'faire, grognassa-t-il.

— Un « bonjour » ne serait pas de trop, notifia Jade.

Le gamin, boudeur, lança un « b'jour » mâchonné, avant de poursuivre sa tâche.

— Eh bien ! On est de mauvaise humeur ce matin ?

Mais Jade n'obtint aucune réponse. Léo traîna ses chaussons jusqu'à la table et s'installa. Il touilla son chocolat pendant de longues minutes en fixant le tourbillon marbré qui se formait. Jade s'assit face à son fils.

— Qu'est-ce qu'il se passe, mon grand ?

Le garçon souffla en grimaçant.

— Papa veut pas te le dire, mais moi, chuis pas d'accord.

Jade réfléchit un instant. Elle n'aimait guère mettre en porte-à-faux l'autorité de Max, mais elle était trop curieuse de connaître le fin mot de l'histoire.

— Me dire quoi ?

Léo fit la moue. Il n'osait pas la regarder dans les yeux.

— T'as plus ton collier ? constata-t-il.

Instinctivement, Jade porta sa main sur sa poitrine. Elle s'était tellement habituée à sa présence, qu'elle ne se sentait pas tout à fait entière sans lui.

— J'ai décidé de lui faire faire une pause, avoua-t-elle.

L'attitude de Léo se radoucit. Jade en profita pour retenter l'interrogatoire.

— Qu'est-ce qu'il faudrait me dire ?

L'enfant leva des yeux embués sur sa mère. Le cœur de Jade se pinça instinctivement.

— T'as changé. T'es plus comme avant avec nous.

Le garçon attendit quelques instants, pensant que sa maman réagirait. Comme ce ne fut pas le cas, il s'autorisa à poursuivre en essuyant ses larmes naissantes.

— Moi, je sais que c'est à cause du collier que tu n'es plus pareille. Et… avec papa, on a remarqué des choses bizarres.

— Comme quoi ?

— Comme… des choses qui se déplacent, expliqua-t-il en tortillant ses doigts. Des choses ou… toi. Tes cheveux. L'autre fois, tu avais les cheveux lâchés et d'un coup, tu avais la queue de cheval.

Voilà ! C'était tout à fait le genre d'incidents dont Jade ne se méfiait pas suffisamment.

— Et… on s'est rendu compte que tu prononces un mot avant que ça arrive. Tu dis toujours « stop ».

Inconsciemment, Jade recula sur sa chaise, le souffle coupé. Ça non plus, elle ne l'avait pas vu venir. La jeune femme ne sut comment réagir devant son fils. Elle détestait leur mentir, mais voulait les protéger avant tout. L'arrivée tonitruante de ses deux filles la sauva.

Contrairement à ses craintes, la journée se déroula assez bien. Son exécrable collègue, Marcia Cotran, se montrait plutôt agréable depuis l'incident, allant même jusqu'à se confier sur ce qu'elle subissait de la part du proviseur Bordas. Devant le désespoir de cette Barbie déchue, Jade eut pitié. C'était impensable que ce pervers puisse s'en tirer à si bon compte, aussi décida-t-elle qu'il était temps de mettre le pouvoir du Talisman de Fontanges au service du bien. Voilà ! C'était sûrement ça sa destinée ! Grâce à ce pendentif, Jade rendrait justice aux opprimés, elle sauverait les plus démunis ! Jade deviendrait une superhéroïne !

Gonflée à bloc, le cœur prêt à imploser, elle échafauda un plan pour court-circuiter cette ordure. Au départ, Marcia n'était pas très emballée, redoutant les représailles, mais Jade parvint à la convaincre. Demain, elles passeraient à l'action.

En arrivant à la maison le soir, Max lui notifia à son tour qu'elle ne portait pas le médaillon, mais il n'insista pas plus que ça.

En revanche, le lendemain, Léo bouda en

constatant que sa mère arborait à nouveau cet affreux collier. Et pas moyen qu'il décroche un sourire ! Louise et Emma ne comprenaient pas la réaction de leur grand-frère ; selon elles, Léo tirait la tête parce qu'il avait échoué à un test, la veille, à l'école.

— C'est pas ça ! se fâcha-t-il. Et je ne l'ai pas loupé !

— Ben alors, pourquoi tu fais la gueule ?

— Louise ! Surveille ton langage, sermonna Jade.

— Moui… désolée, maman, mais il boude tout l'temps !

— Je boude pas, alors tais-toi ! Et occupe-toi de tes affaires !

— WO ! Tu vas pas me dire c'que j'dois faire, neuneu !

— Stop, stop, stop, stop, stop !! hurla Jade en levant les bras.

Le silence l'alarma immédiatement. Elle comprit qu'elle venait d'arrêter l'instant, mais ce qu'elle vit la glaça d'effroi. Ses enfants se tenaient tous les trois devant elle. Emma figée pareille à la sculpture de bronze *Fearless Girl* de Manhattan ; Louise et Léo neutralisés dans leur élan tels les monuments du combat des Hyènes du château de Sceaux, mais en plus troubles. Plus exactement, ses deux chamailleurs étaient transparents par endroits, étirés par d'autres, comme le résultat d'une photo floue en trois dimensions. Jade comprit que cela découlait de leur vitesse et du nombre de « stop » qu'elle avait prononcé en quelques secondes. Elle hyperventila et dut se raisonner pour retrouver son calme et désamorcer la situation.

— Mon Dieu ! Mon Dieu ! J'ai désatomisé les

enfants !

Elle fit les cent pas dans la salle à manger en rongeant ses ongles.

— Et s'ils restaient à tout jamais dans cet état ? Et si jamais je disais à nouveau ce mot et qu'ils disparaissaient dans d'atroces souffrances ?

C'était ridicule ! Dans tous les cas, elle ne pouvait pas les laisser ainsi, mais sa peur délirante l'empêchait d'agir.

— Du calme, Jade ! Pas d'panique ! Cela va bien se passer, tu verras, s'encouragea-t-elle en fermant les yeux et en retrouvant une respiration plus lente. Allez… Stop.

Elle eut juste le temps de se lancer vers eux pour les séparer. Avant d'intervenir, Jade s'assura qu'ils étaient tous les deux entiers.

— Maman ! Arrête !!

Léo venait de la repousser violemment.

— T'as recommencé ! la gronda-t-il. T'as dit « stop » !

Dès lors, le garçon attrapa son sac, ouvrit la porte à la volée et s'élança dans l'allée du jardin. Jade abdiqua. Elle s'en voulait, bien sûr.

Une petite main lui toucha l'épaule.

— Il t'a mal parlé. Tu devrais le gronder. C'est pas bien.

— Je sais, Emma. Mais c'est plus compliqué que ça.

Elle retrouva Léo appuyé contre la voiture. Il ne fit aucune histoire pour monter, mais n'adressa plus la parole à qui que ce soit durant tout le trajet.

Sur le chemin la conduisant au travail, Jade se morfondait. Une imprudence de trop. La catastrophe avait bien failli arriver. Elle ne connaissait rien sur ce médaillon, en somme. Elle se demanda si, in fine, la Caudillat pouvait l'aider. Cependant, elle préféra repousser l'idée de la contacter le plus tard possible. Tout ce dont elle avait envie, là, c'était de rendre Léo fier de sa maman. Cela commençait par : mettre en déroute un prédateur sexuel. Le plan était très simple puisqu'il consistait à le prendre sur le fait. Marcia Cotran endosserait une nouvelle fois le rôle de la proie, tandis que Jade filmerait toute la scène.

— Je ne sais pas si j'y arriverai, se lamenta Marcia en tremblant.

— Tu y arriveras. Ne change surtout pas ton attitude envers lui, sans quoi il aurait des soupçons.

— Et s'il parvient à…, s'il arrive à…

— Nous serons là. Nous ne lui en laisserons pas l'occasion.

Pour que son plan fonctionne, Jade mit son amie, Nathalie, dans la confidence. Sa mission : surgir dans le bureau du proviseur pour éviter que la situation n'échappe à leur contrôle.

— Respire un grand coup, Marcia.

La Barbie en déroute s'exécuta, sans cesser ses tremblements pour autant.

— Ça va aller. Rappelle-toi que nous sommes là et que nous verrons tout. Pense à ce que cette ordure récoltera une fois que nous aurons balancé la vidéo.

Marcia opina de la tête. Inspirant profondément, elle quitta la salle de cours dans laquelle elles avaient trouvé refuge. Elle jeta un dernier coup d'œil en direction de ses collègues qui lui répondirent par un sourire.

— À nous de jouer, exhorta Jade.

L'enseignante avait repéré, sous la fenêtre du bureau du proviseur, un recoin dans lequel elle pouvait se cacher. Elle stoppa le temps pour lui permettre de se planquer au nez des élèves et des surveillants qui se trouvaient dans la cour. Ensuite, elle se baissa, fixa la caméra Go Pro de son fils sur une perche et la maintint sur l'appui. Elle dégela l'instant. Jade patienta quelques secondes avant de voir sur le petit écran la secrétaire ouvrir la porte intermédiaire entre son espace de travail et celui de Bordas. Marcia entra, l'employée referma derrière elle. Le piège se rabattit sur la belle souris. L'homme se leva tout en ne quittant pas la table. Manifestement, il lui intimait l'ordre d'avancer, ce qu'elle fit timidement. Juste quelques pas pour rester à bonne distance. Le proviseur s'empara du téléphone durant un bref moment – sans doute pour exiger qu'on ne le dérange sous aucun prétexte –, puis s'approcha de sa victime, la frôlant de façon vicieuse. Jade nota qu'il ne prit même pas la peine de s'enfermer à clé. Cet odieux personnage pensait avoir une ascendance indiscutable sur tout le monde, au point de ne pas se sentir menacé. Il plaqua sa grosse paluche sur les reins de Marcia pour l'obliger à avancer. Cette dernière se dégagea spontanément. Elle lui parlait et tentait de lui montrer les documents qu'elle tenait entre ses mains. Mais Bordas n'en avait cure puisqu'il les ignora. Ce monstre déshabilla sa proie du regard. Marcia était tétanisée tandis que ce chacal lui tournait autour. Ses doigts énormes se promenèrent sur le dos de la jeune femme pour descendre jusqu'aux fesses qu'il empoigna de ses serres. De toute sa puissance, il attira vers lui Marcia qui se débattait clairement. Jade put lire toute l'horreur sur son visage. Elle n'entendait aucun mot, mais le langage des corps en disait long. C'est là que Nathalie fit irruption dans le bureau. Sa forte voix avait probablement alerté le proviseur, comme il s'en était retourné derrière sa table. Marcia en profita pour déguerpir. C'était dans la boîte ! Jade bloqua le temps une nouvelle fois afin de s'extraire de sa cachette. Cette fois-ci, ce salopard ne s'en sortirait pas.

En effet, l'affaire éclata sur les journaux du coin avant de se répandre comme une traînée de poudre sur la France entière. Au comble de l'humiliation, Bordas fut neutralisé au lycée, menotté et tiré jusqu'à la voiture de police devant l'ensemble du personnel et les élèves médusés. Un dangereux prédateur avait été mis hors d'état nuire. Jade était fière d'elle. Galvanisée, elle ne s'arrêterait pas en si bon chemin !
Super Jade : 1 – Les méchants : 0

CHAPITRE 14

Jade se sentait l'âme justicière ! D'avoir agi pour le bien l'avait requinquée, aussi porta-t-elle une vigilance plus accrue à tout ce qu'il se passait autour d'elle. Des affaires glissant des mains de quelqu'un, hop ! elle les remettait en place ; une personne sur le point de tomber, hop ! Jade s'arrangeait pour la redresser comme elle le pouvait. Sur le chemin du retour, elle arrêtait le temps lorsqu'elle découvrait un animal à deux doigts de se faire écraser. Ensuite, elle le prenait dans ses bras et le déposait directement de l'autre côté de la route. Un jour, elle suspendit l'instant quand elle aperçut un chauffard qui déboulait sur le passage clouté en grillant la priorité à une fillette en trottinette. Elle recula la gamine et, de colère, grava sur le capot de la voiture du type : « Je suis un gros automodébile. » Justice était rendue. Toutes ces bonnes actions ravivaient le cœur de Jade tant et si bien qu'elle se dit qu'elle aurait dû procéder ainsi bien avant. Le soir, la jeune femme ôtait le collier afin de montrer à son fils son intention de changer ses habitudes. De ce fait, Léo avait lui aussi modifié son comportement envers elle. Jusqu'à ce soir-là…

Jade revenait d'Arras. Ce nouveau voyage l'avait exténuée, comme elle avait souhaité rentrer le plus tôt possible. Éviter les bouchons n'était pas une mince affaire et elle avait avalé les kilomètres sans se reposer. Une fois parvenue en ville, elle n'eut aucun mal à pénétrer dans la boutique de Sylvie Facon. Cette dernière était attablée, en train de coudre, son magnifique matou assis à côté d'elle. Elle repéra le mannequin sur lequel elle avait retiré la robe horloge. Bien entendu, elle avait apporté le vêtement au pressing pour que son état soit irréprochable. (Dans la région dans laquelle elle vivait, peu de gens connaissaient le travail de l'artiste.) Avant de remettre la sublime création à sa place, Jade déposa près de la styliste une boîte de mignardises, spécialités de son département, ainsi qu'une bonne bouteille de Sauternes. La dédommager pour cet emprunt lui paraissait naturel. Elle se dirigea ensuite vers le bustier nu quand elle remarqua un morceau de papier épinglé dessus. Jade ne se souvenait pas d'en avoir vu un la dernière fois. Intriguée, elle le détacha et lut :

« Mademoiselle, je vous remercie d'avoir tenu votre parole. J'ignore comment vous vous y êtes pris, mais j'ai senti que vous accorderiez à cette robe une attention toute particulière. C'est la raison pour laquelle je n'ai pas immédiatement contacté la police. C'est tout de même un larcin, je le déplore. Néanmoins, je vous remercie d'avoir permis à l'une de mes créations de fouler le tapis rouge et de fricoter avec les smokings d'hommes aussi talentueux que Brad Pitt ou Robert Downey Jr. Je regrette juste de ne pas avoir été la personne dedans. »

Les joues de Jade s'empourprèrent et son estomac se tordit. Ainsi, la styliste avait reconnu sa robe sur ce cliché flou ! C'était une catastrophe ! Avec toute la technologie que la police scientifique possédait, ils pourraient facilement remonter jusqu'à elle ! La jeune femme jeta un œil rapide vers Sylvie Facon. De là où elle se situait, elle voyait parfaitement son visage et ce petit rictus que ses lèvres dessinaient. Comme la première fois, Jade eut l'étrange sensation que la créatrice la fixait. Une simple coïncidence, elle le savait pertinemment. N'empêche que ça lui ficha la frousse.

Elle effectua tout le trajet du retour, la boule au ventre en repensant aux coups de chiffon frénétiques qu'elle avait donnés sur tous les meubles et les poignées de porte. Jade espérait ainsi sauver les apparences, mais comme à sa première visite elle n'avait pas prêté attention à ce détail, ces gestes étaient consternants. Qu'allait-il advenir, maintenant ? Quand serait-elle démasquée ? Car ce n'était plus qu'une question de temps. Comment réagirait Max ? Et ses enfants ? Léo ? Lui qui parvenait tout juste à baisser sa garde. Et ses collègues ? Ses amis ? Sa famille ? Est-ce que son vomitif proviseur se gausserait en sachant que la pire enseignante à ses yeux se trouvait, elle aussi, derrière les barreaux ? Jade secoua la tête à chacune de ces pensées. Elle devait se raisonner à tout prix. Comment pourrait-elle être reconnaissable puisque l'unique cliché existant sur elle était son bras dissimulant son visage ? Comment tous ces gens pourraient-ils imaginer que la mystérieuse femme fantôme s'appelait Jade Grinot ? En définitive, elle n'avait pas bougé d'où elle était ! Seul Superman est capable de parcourir de telles distances en quelques microsecondes. Oui, c'est sûr ! On pourrait l'identifier, mais personne ne pourrait la confondre.

Forte de ces réflexions réconfortantes, Jade pénétra dans sa maison. Elle avait prévenu son mari qu'elle rentrerait tard, prétextant des conseils de classe. Emma, Louise et Léo l'attendaient patiemment pour le bisou du soir. Leur père, pas du tout à l'aise avec la lecture dont il se délestait facilement, les avait avertis qu'il n'y aurait pas d'histoire pour dormir cette fois. Bien sûr, ils avaient boudé. Les enfants dans leurs chambres, les deux époux dînèrent ensemble.

— Ta journée s'est bien passée ? demanda courtoisement Max.

— Un peu fatigante. Et longue. J'ai hâte de me mettre au lit, admit Jade tout en continuant de manger.

L'homme se leva et débarrassa les assiettes. Sa femme s'apprêtait à l'aider, mais il refusa.

— Va te reposer.

Jade le gratifia d'un baiser et prit la direction de la salle de bains. Une bonne douche l'apaiserait. Elle abandonna tous ses soucis sous l'eau fraîche. Elle y serait restée des heures, voire l'éternité, si la fatigue ne l'assommait pas de la sorte. Le corps délassé, elle se fit violence pour quitter la pièce, mais se retrouva totalement tétanisée en découvrant les images de la télévision. Le reporter interviewait Sylvie Facon, qui leur présentait la robe horloge.

— C'est fou, cette histoire ! commenta Max sans la regarder. Tu te rends compte que la nénette fantôme-là, tu sais, du Festival de Cannes, elle portait cette robe ! Attends ! La robe est dans le nord de la France ! Et sa créatrice dit qu'elle ignore comment elle a disparu et comment elle est réapparue !

Jade resta muette. Son cœur bondissait dans sa

poitrine comme pour prendre la poudre d'escampette. *Ça y est, ma vieille ! Tu es faite comme une rate !* L'image changea pour revenir sur le cliché d'elle sur le tapis rouge.

— Regarde comme elle cache son visage ! C'est dingue ! Comment personne n'a pu la remarquer sur les marches du Palais des Festivals ?! Brad Pitt, quand même !

Attends... Quoi ?! Jade écarquilla des yeux ! La photo était légèrement différente de l'autre. Ainsi, ils ne possédaient pas une, mais deux ! C'était une catastrophe ! Et sur le nouveau cliché, on pouvait voir assez distinctement le Talisman de Fontanges ! La robe, les bagues et maintenant le pendentif. *Je suis foutue !*

— Maman… C'est toi !

Le coup de massue ne put être pire.

Jade s'empara illico de la télécommande pour éteindre la télé.

— C'est toi !! hurla Max.

L'effervescence était à son comble et Jade ne parvenait pas à calmer les esprits échauffés.

— Je ne…

— Ne nous prends pas pour des cons !!

— Max !

— Quoi ?! Tu te trouves bien placée pour donner une leçon de morale, là ?!

Jade roulait des yeux, la situation lui échappait à nouveau.

— St...

— Arrête tout d'suite ! Je t'interdis de prononcer ce mot ! Il a quelque chose à voir avec tout ça, n'est-ce pas ? Putain !! J'hallucine !! Je n'comprends même pas ce qu'il se passe, ç'a l'air tellement dingue !

— Tu avais promis de ne plus porter ton collier, renâcla Léo. Tu as menti.

— Je sais, chéri, marmonna Jade, désolée. C'est vrai. Mais tu serais fier de moi si tu…

— Jade ! Ça suffit ! J'ai besoin d'une explication, là, tout d'suite, maintenant !

La jeune femme hocha la tête en expirant. Elle était prête à tout avouer, jusqu'au moindre détail. Dans un sens, elle avait redouté ce moment, dans l'autre, elle pressentit le soulagement que cette révélation lui procurerait.

— Tu es une voleuse ?

— Non ! s'offusqua-t-elle en s'enfermant dans son peignoir. J'ai toujours payé mes repas, mes chambres, et j'ai déposé des offrandes sur la table de Sylvie Facon.

Des offrandes ! Mais tu débloques, ma pauvre fille. Ce n'est pas une déesse ! Ressaisis-toi un peu ! se sermonna Jade.

— Qui ? questionna Léo, dérouté.

— La styliste de mode. Celle à qui appartient cette robe.

— Comment ça, des repas et des chambres ? Mais de qu… de quoi tu parles ?

— Avant de te répondre, de *vous* répondre, rectifia Jade, je voudrais juste te dire que, l'autre soir, tout ce que je t'ai raconté… est vrai. Absolument tout.

Max resta bouche bée, Jade en profita pour poursuivre :

— Et il se pourrait que j'aie utilisé le collier pour… pour souffler un peu. D'où les repas et les chambres d'hôtel.

Max attendait toujours.

— Et..., et oui... (Jade ôta le talisman pour le poser au sol devant les regards médusés de ses deux hommes.) « stop » est le mot qui me permet de suspendre le temps.

— C'est pour ça que tu l'as mis par terre ? demanda Léo, intrigué.

— Oui, mon cœur.

— Et... le temps est arrêté là ? se renseigna Max, un peu perdu.

— Non. Je dois le porter pour que ça puisse fonctionner. Je dois être en contact physique avec le médaillon.

— C'est du délire !

Max s'appuya contre le dossier du canapé pour éviter de tomber. Ces confidences l'avaient sonné.

— J'peux essayer ? s'enthousiasma Léo.

— Certainement pas ! gronda Max. Ce truc est trop dangereux ! Pas étonnant que tante Léonie l'ait enfoui dans la cave !

— Enfin, si c'est elle qui l'a enterré.

— C'est comment quand le temps s'arrête ? se rencarda Léo, jubilant.

— Oh... hésita Jade, ne sachant pas s'il était très raisonnable d'en dire davantage à son fils. C'est très bizarre. Au bout d'un moment, on se sent seul et on commence à se parler à soi-même. En fait, c'est un peu déprimant.

— Cooool !

Mince ! Jade qui pensait décourager Léo...

— Et tu n'es jamais restée coincée dans ce... cet... rhaa... comment appeler ça ? Cet espace temporel ?

Jade dévisagea son époux, l'air hébété. Max secoua la tête.

— Question stupide. Désolé.

La jeune femme se pencha pour ramasser le talisman. Elle le fit tournoyer entre ses doigts un long moment. Elle aurait tant souhaité que les pouvoirs de ce bijou conservent leur secret pour toujours, mais par sa négligence, il n'en sera jamais rien. Pire ! Elle venait de mettre en danger toute sa famille, car nul doute que sa convoitise ameuterait d'épouvantables personnes. Jade fronça des sourcils.

— Il serait intéressant de… Max ? (Elle leva les yeux vers lui.) Peux-tu toucher le médaillon ? J'aimerais tenter quelque chose.

— Mamaaan ! protesta le garçonnet tandis que son père hésitait à saisir le pendentif.

— Ne t'inquiète pas, Léo, nous reviendrons très vite. Enfin…, je veux dire que tu ne remarqueras rien.

— Mais…

— Stop !

Nerveux, Max ne détacha pas ses yeux de ceux de sa femme.

— Regarde, maintenant.

Sans abandonner le talisman, l'homme pivota pour apercevoir son fils statufié dans son élan désapprobateur. On aurait également pu croire que quelqu'un avait mis la télé sur « pause ».

— C'est hallucinant !

La respiration rapide, Max se pencha pour scruter par la fenêtre.

— Ne lâche pas le médaillon !

— Même dehors ! dit-il, effaré, sans entendre les

conseils de sa femme.

L'homme déglutit et dévisagea Jade. Il ne lui manquait aucun membre et elle semblait en bonne santé malgré toutes ses péripéties, il n'y avait donc aucun danger à utiliser cet artefact. Max en fut soulagé. Il s'attarda à nouveau sur Léo qui ouvrait grand le bec. Il aurait gobé les mouches si celles-ci n'avaient pas été figées en l'air.

— Très pratique pour se débarrasser de ces fichus insectes, dit-il en en écrasant une entre ses doigts. Très commode aussi pour aller faire un casse à la banque, ricana-t-il.

— Max !

— Rho, ça va, j'plaisante. (Il jeta un nouveau coup d'œil sur son fils.)

« Au moins, nous avons la paix avec les gosses !
Max le prenait plutôt bien. Zéro panique !

— Tu te rends compte ? poursuivit-il sur un ton enjôleur en attirant Jade contre lui. Nous pourrions dîner tranquilles, et faire l'amour sans déranger qui que ce soit.

— Max…

— Ben quoi ? susurra-t-il tout en embrassant son cou. C'est tentant, non ?

— Nous rencontrerions peut-être un problème logistique.

— Ah bon ? Lequel ?

— Nous devrions tout accomplir en restant agrippés au médaillon.

— Pas très fonctionnel, en effet. Je préférerais agripper tes…

— Max !

Il rit de bon cœur. Pas du tout affolé pour un sou ! Jade n'en revenait pas. Elle qui avait angoissé comme une malade, la première fois. Elle tiqua.

— Et si on essayait ?

— De faire l'amour ?

— Non ! dit-elle en le repoussant gentiment. Et si tu lâchais le médaillon.

Ce n'était pas l'excitation dont il rêvait, mais leurs palpitants s'emballèrent.

— Et pourquoi ce ne serait pas toi qui le lâcherais ?

— Parce que je sais comment il fonctionne. Je l'ai testé plus souvent que toi.

Sur un air de défi, Max tortilla sa bouche en fixant sa femme. Il la trouva égoïste sur ce plan-là. D'un autre côté, c'était l'option qu'il aurait choisie, la plus rationnelle. Alors, il se libéra du talisman. S'ensuivit un silence de mort. Tous deux restèrent à s'observer sans bouger.

— Ça a marché ? s'informa l'homme.

Mais Jade ne cligna pas d'un cil. Son inquiétude monta d'un cran. La respiration saccadée, Max pinça le médaillon. Mais rien ne se produisit. Il recommença, encore et encore, mais le résultat fut le même. L'épouvante à son comble, il frictionna son visage, puis céda à la panique.

— C'est pas vrai, c'est pas vrai. Putain !

L'homme souffla bruyamment, les jambes flageolantes, ne sachant pas quoi faire.

— Je suis pris dans cet espace temporel, du figé dans du figé…

— C'est que ça bouillonne là-dedans !

Max hurla à pleins poumons tandis que sa femme

riait à gorge déployée.

— Mais tu es malade ! Tu m'as foutu une de ces trouilles !

— Tu aurais dû voir l'expression sur ton visage !

— Ne me refais plus jamais ça ! tempêta Max.

— Ben quoi ? Je te croyais d'humeur facétieuse ! Nous étions dans la légèreté ! railla Jade en exécutant de grands gestes.

— Moi, j'étais drôle. Toi, tu ne l'étais pas !

Jade secoua la tête en souriant.

— Bon ! Manifestement, ça fonctionne, déclara-t-elle en passant le collier autour de son cou.

— Qu'est-ce que tu fais là ?

Elle lui jeta un regard confus.

— Pourquoi c'est toi qui le porterais ? insista-t-il.

— C'est une blague ?

— J'ai la tronche de quelqu'un qui plaisante ?

Estomaquée, Jade le toisa en serrant le talisman contre elle. Max approcha, tendant le bras lentement vers elle et le visage déformé par une grimace effrayante.

— Il est à moi… clama-t-il d'une voix roque. Mon préciiiieux…

— Ha ! D'accord… fit Jade, soulagée. Très fort ! Vraiment très fort !

D'humeur badine, Max sourit en tirant sa femme contre lui.

— Tu vois, ce n'est pas si drôle que ça les blagues, lui dit-il en la cajolant.

« En fait, si ! (Jade lui assena une petite tape sur l'épaule, ce qui l'amusa davantage.) Ou je pourrais être ton Sam et t'aider à porter ce fardeau…

Elle l'embrassa tendrement.

— Il faut libérer Léo, lui dit-elle en le repoussant.

Dans tous les cas, savoir que tous les protagonistes qui utilisaient ce sortilège en même temps restaient « vivants » dans la même réalité représentait un sacré bon point. Les deux époux pressentirent que cette faculté s'avèrerait salutaire.

Ensemble, ils défigèrent l'instant.

— C'est pas juste ! ronchonna Léo, tandis que le temps reprenait brusquement le cours des choses. Vous allez faire l'expérience sans moi !

— Il n'y a rien contre toi, chéri, répliqua Jade, qui se voulut rassurante. Nous devions tester la fiabilité de cette idée.

— Ah ! Parce que… ça a marché ?

Jade approuva du menton. C'est alors que Max afficha un air grave. L'homme frotta ses lèvres pour l'aider à réfléchir.

— Attends une minute… commença-t-il en se redressant. Nous, nous avons reconnu ton collier, cela signifie que… que d'autres le peuvent aussi ! Et qu'ils pourront remonter jusqu'à toi !

Max blêmit.

— Tu veux dire que la police va faire sauter la porte de la maison, passer les menottes à maman et la jeter dans un cachot où elle restera enfermée avant qu'on l'exécute ?

— Euh… je te trouve un peu alarmiste, jeune homme, paniqua Jade.

— Sauf si on parvient à vous mettre à l'abri avant !

Une voix de femme venait de prononcer ces mots, sous les regards déconcertés de Jade et de Max.

ChAPITRE 15

Une grande brindille à l'allure austère et à la coiffure impeccable – tout droit sortie de la série Peaky Blinders –, les épiait depuis la salle à manger. À ses côtés, madame Caudillat, la bijoutière, leva le menton.

— Je vous avais prévenue que ce médaillon représentait un danger, moralisa cette dernière.

— De quel droit pénétrez-vous chez nous ? grogna Jade en serrant les poings.

Guindée, la « tour Eiffel » s'avança vers eux en claquant ses talons sur le carrelage.

— Vous avez abusé du pouvoir chronostique du Talisman de Fontanges, accusa-t-elle d'une voix calme, mais puissante. Notre Ordre a pour mission de le mettre en sécurité afin qu'aucun autre drame ne survienne.

— Quel drame ?

— Un drame causé par une ignorante telle que vous, et qui entraîna sa perte, rebondit la bijoutière.

— Donnez-nous le collier, madame Grinot.

L'asperge tendit lentement son bras vers Jade, avant de poursuivre, toujours sur un ton apaisé.

— Je vous promets qu'il sera à l'abri.

— Comment s'appelle votre Ordre ? demanda Max, placide.

— Connaître son nom ne vous avancera pas à grand-chose, monsieur Grinot, assura la brindille.

— Et vous, vous êtes ? en rajouta Jade.

Les deux intruses échangèrent un regard bref, comprenant sûrement que la tâche ne serait pas aussi aisée qu'elles le pensaient. Mais avant que l'une d'elles n'ouvre la bouche, Jade tendit discrètement le talisman vers ses hommes qui s'en saisirent aussitôt.

— Stop !

Les lèvres de ces deux bonnes femmes formèrent un « o » figé dans le temps et l'espace. Il était fort à parier qu'elles s'apprêtaient à protester.

— Ouah ! Trop cool ! s'extasia Léo.

— Peut-on savoir pourquoi nous avons fait ça ?

Interloqué, Max fixa tour à tour les intruses et son épouse.

— Je ne les sens pas.

— Et, c'est tout ? Jade ! Elles pouvaient tout arranger !

— Parce qu'elles l'ont prétendu ?

— Oui ! Si elles sont ici, c'est forcément parce qu'elles en connaissent un rayon en matière de talisman *chronopost* !

— D'accord. Voilà ce que nous allons faire. (Max était attentif.) Nous effectuons des recherches sur cet Ordre, et si elles sont bien là pour nous aider, alors soit ! je leur donnerai le médaillon. Peut-être.

L'homme évalua la proposition. Elle semblait être convenable.

— O.K. Je ramène l'ordi.

— Non ! Enfin, si. On le prend avec nous, bien sûr, mais nous devons agir en toute sécurité. Ce qui induit que nous aurons à défiger le temps loin d'ici, car imagine qu'elles soient mauvaises.

— Je comprends.

Léo tournoyait autour de ce duo improbable.

— Elles ne peuvent plus bouger ?

— Plus rien ne bouge, mon cœur. Hormis, nous trois.

— Tu veux dire que, même Emma et même Louise, elles sont comme elles ?

— Tout à fait.

— Et... si je leur dessine sur le visage, est-ce qu'elles sentiront quelque chose ?

— Léo...

— J'me renseigne, maman, c'est tout. Alors ?

Jade lui lança un sourire préoccupé.

— Qu'est-ce qu'on va faire ? Tu crois que nous devons tout emporter avec nous ? demanda Jade en rongeant ses ongles.

— Fouille la grande. Essaye de chercher ses papiers, n'importe quoi qui nous permettrait de l'identifier. En attendant, je vais jeter un œil dehors, histoire de voir si elles ont apporté avec elles de la compagnie.

De toute évidence, il partageait son inquiétude. Car si ces deux femmes étaient facilement parvenues jusqu'à eux, la police ne tarderait pas à surgir tôt ou tard.

— Et moi ? Je fais quoi ? sonda Léo tandis que Max s'apprêtait à sortir.

Comme son mari ne réagissait pas, Jade s'accroupit devant son fils. Elle prit tendrement ses épaules.

— Toi, tu vas nous être d'une aide capitale ! Tu vas préparer un sac avec quelques médicaments, de la nourriture et des boissons. Tu peux faire ça ?

— Affirmatif !

Léo tourna les talons pour, aussitôt, exécuter un demi-tour.

— Ça veut dire qu'on s'en va ?

Jade grimaça un air désolé.

— Oui, mon grand.

— Et pour Louise et Emma ? On va pas les laisser là !

— Ne te tracasse pas pour ça.

— Et Gavroche ?

— Il est hors de question de l'abandonner, c'est un membre de la famille.

Satisfait, Léo s'éloigna en courant, pour accomplir sa tâche.

Max revint au bout d'une quinzaine de minutes, légèrement essoufflé.

— Tu sais que rien ne presse, l'informa Jade qui sortait de la salle d'eau après s'être habillée.

Le pauvre homme n'avait pas encore l'habitude de cette nouvelle vie. Déjà que s'activer comme une limace ne faisait pas partie de ses routines, alors une existence au ralenti finirait sûrement par le miner.

— Je n'ai vu personne d'autre que ces deux nanas. J'en ai profité pour fouiller leur voiture, et je n'ai absolument rien trouvé.

— Je ne suis pas surprise. J'ai fait chou blanc ici aussi. Si ce n'est une marque qu'elles arborent toutes les deux. Sinon, aucun papier, *nada*. Ce n'est pas bon signe. J'ai pris en photo le tatouage pour effectuer des recherches ultérieurement.

— Tu as pu faire ça ? s'étonna Max.

— Eh bien, oui !

— Je croyais que tout était figé.

— C'est vrai… (Jade avait zappé son expérience de jeune première. Elle les initierait en accéléré.) En fait, tout ce qui est mécanique peut fonctionner, à la condition expresse que les appareils soient éteints au moment où on suspend le temps. C'est pour ça que j'ai pu vadrouiller en voiture. Tu imagines bien que je n'ai pas arpenté la France à pied, avec mon baluchon sur l'épaule, du Nord au Sud.

À l'expression ahurie de son époux, Jade devina que Max l'avait pensé.

— Je ne m'y serais pas amusée, sinon.

— Évidemment ! J'avais compris. Dès le départ ! mentit-il.

— Bien sûr…

Jade leva les sourcils en secouant légèrement la tête.

— Montre un peu ces tatouages, exigea Max pour détourner la conversation.

Jade remonta la manche droite de la veste de la bijoutière, pour dévoiler la peau intérieure de son bras. Le dessin représentait un sablier brisé avec des crânes dedans.

— Je n'ai jamais observé ce logo avant.

— Moi non plus. Ça ne me dit rien.

Léo apparut dans le salon avec un sac isotherme rempli. Il le montra fièrement à ses parents.

— Est-ce que c'est bon ce que j'ai pris ?

Ils jetèrent un coup d'œil rapide au contenu.

— C'est parfait, Léo, félicita le père. Maintenant, va préparer quelques vêtements à emporter. Nous allons faire de même.

Organiser les paquetages ne dura que quelques minutes. Ils avaient décidé d'embarquer les objets les plus importants comme les ordinateurs, les tablettes numériques et le strict nécessaire. Ils s'approvisionneraient en cours de route à mesure de leurs besoins. De toute manière, elles étaient bien renseignées à leur sujet, leur fondation connaissait probablement leurs vies dans les moindres détails. À présent, il fallait « charger » le reste de la famille. Léo partit à la recherche du chat, tandis que Jade et Max s'occupèrent des filles. Louise était allongée à plat ventre sur son lit en train de lire. Emma, assise en tailleur sur le sien, rêvassait.

— Prends Emma, je transporterai Louise, décida Max.

Certes, Emma était la plus petite des deux gamines, mais sa position n'était pas sans créer des difficultés pour Jade. Elle se plaça derrière son dos, passa ses bras autour de son corps et la souleva. La posture était loin d'être confortable pour descendre l'escalier. Max prit les devants et s'efforça de guider sa femme. Jade manqua de rater une marche, mais son époux les rattrapa de justesse.

En sortant de la maison, ils aperçurent Léo qui revenait avec Gavroche dans ses bras. Le félin avait une allure super décontractée dans laquelle il offrait son ventre au Dieu Soleil, les pattes étirées au maximum. En voyant ses parents et ses sœurs, Léo explosa de rire.

— On dirait qu'on transporte des poupées ! s'esclaffa-t-il.

— Heureusement que ma voiture contient sept places, sans quoi je ne sais pas comment nous ferions. On mettrait les filles dans le coffre ! plaisanta Max.

Jade leva les yeux au ciel.

— D'ailleurs, c'est une très bonne question ça, tiens ! Est-ce que les êtres vivants statufiés peuvent toujours respirer dans des endroits clos ? Du moins, est-ce qu'ils peuvent rester sans respirer ? Enfin, je veux dire, est-ce que ce n'est pas dangereux ? Bref ! tu vois ce que je veux dire.

— Malheureusement… rétorqua Jade.

« Je ne me suis jamais trouvée dans une situation pareille. Je ne peux donc pas te renseigner.

Avec une infinie précaution, ils installèrent Louise et Emma sur la banquette arrière et le chat sur le siège du coffre. Léo s'assit juste à côté du matou. Max s'empara d'un tournevis et creva les pneus du Range-Rover des adeptes de l'Ordre Chronostique.

— Le temps qu'on trouve nos réponses, ça les retardera un peu, s'excusa Max.

Les parents montèrent à leur tour, après s'être assuré que toutes les affaires étaient bien calées et les filles attachées en toute sécurité. Avant de mettre le contact, tous trois jetèrent un dernier regard sur leur maison. Ils ne la reverraient probablement pas d'aussitôt. Et c'est avec un pincement au cœur qu'ils prirent la route.

CHAPITRE 16

— … c'est donc comme ça que tu t'en es aperçue ?

Jade hocha la tête.

Elle avait tenu à conduire afin de montrer à son mari les dangers qu'ils rencontreraient en roulant. Durant la poignée de kilomètres qui les séparaient de leur maison, Jade avait expliqué à Max et à Léo ses premières expériences avec le pouvoir du talisman, et révélé les vidéos qu'elle avait tournées.

— C'est la raison pour laquelle j'ai toujours suivi les petits chemins. C'est bien plus pratique de grimper sur un trottoir ou d'aller sur les bas-côtés quand deux véhicules devant toi te bloquent le passage.

— Et la bande d'arrêt d'urgence, alors ? T'en fais quoi ? Pourquoi ne roulais-tu pas dessus ? s'agita Max.

— Parce qu'une fois, je me suis retrouvée coincée avec une voiture qui mordait dessus ! s'agaça Jade, nerveuse. Il a fallu que je remonte l'autoroute en sens inverse jusqu'à la première sortie !

— Non, parce que, grimper les trottoirs, c'est top pour bousiller ta bagnole ! Et sur les bas-côtés, tu as les fossés, des pierres cachées par les herbes hautes…

— Oui, eh bien, pour moi, ça a très bien fonctionné ! grogna la jeune femme, excédée.

— Arrêtez de vous disputer ! tonna Léo.

Le silence s'installa immédiatement. Mais tout le

monde restait sur les nerfs. Aucune solution n'étant idéale, ils choisirent de ne plus aborder la question. Ils s'adapteraient aux circonstances en temps réel.

Ils avaient quitté la nationale 145 pour louvoyer sur une petite départementale. Léo s'empara de Gavroche afin de le poser sur ses genoux et lui caresser le ventre. Il fut particulièrement étonné de sentir son corps toujours chaud et pas aussi raide qu'il l'aurait imaginé. Dans sa tête, le chat aurait dû devenir similaire à un bout de bois. Il observa ses sœurs. En somme, ça le rassura. Même s'il se chamaillait avec elles, il les aimait et n'aurait pas supporté qu'on leur fasse du mal.

Au bout de quelques heures, il s'impatienta :

— Quand est-ce qu'on va les décongeler ?

— Quand nous serons plus en sécurité, garantit Max en regardant son fils dans le rétroviseur.

— Et c'est quand ?

Jade se tourna vers Léo.

— Pour pouvoir procéder ainsi, nous devons dénicher un endroit sans passage ni caméras, parce que nous serons obligés de relancer le temps, tu comprends ?

Le garçon approuva d'un mouvement de tête.

— Parce qu'elles vont hurler, car elles ne sauront pas ce qui leur arrive ?

— Aussi, admit Jade. Et parce que certaines personnes veulent nous retrouver. Elles seront délivrées, en même temps que tes sœurs.

— Et elles seront libres d'agir contre nous, termina Max.

Finalement, la famille Grinot découvrit un sentier dans les bois. La voiture avala quelques mètres en dodelinant sur le chemin défoncé avant de s'immobiliser dans un renfoncement. Max éteignit le moteur. Hormis l'éventualité que des promeneurs eussent l'idée de s'engouffrer dans ce bois peu accueillant, ils étaient à l'abri des regards. La densité et la hauteur des arbres les camouflaient d'une surveillance par des drones ou même satellitaire. Une petite clairière jouxtait l'emplacement sur lequel ils s'étaient garés. C'est là qu'ils décidèrent de déposer les filles.

— Tu es prêt, Léo ? Souhaites-tu que je prenne Gavroche ?

— Non. Je veux m'en occuper.

— Tu devras le tenir fermement, conseilla la mère, sinon il risque de s'enfuir.

Le garçon acquiesça. Jade tendit le médaillon dont Max et Léo s'emparèrent.

— Il faut agir vite, avisa Max. Moins nous laisserons le temps couler, mieux ce sera pour notre sécurité.

— Prêts ?

Ils échangèrent des regards brefs et approuvèrent de la tête.

« Stop ! »

Une brise légère enveloppa leurs visages. Ils l'accueillirent avec bonheur. Les grillons stridulaient tandis que les filles hurlaient des « maman » et des « papa » à la chaîne. Emma s'était levée d'un bond en criant et Louise se roulait dans l'herbe en chassant les insectes avec son livre. Léo les observait, hilare.

— Chuuut, tenta Jade pour les modérer. Quelqu'un pourrait nous entendre.

— Mamaaaaan ! couina Emma en courant dans tous les sens avant de se jeter dans les jambes de sa mère. On est où ? Pourquoi ? Mais…

— Allons, calme-toi, Emma.

Louise était blottie contre Léo, qui essayait de la dégager.

— Arrête de m'écraser les pieds ! Tu vois pas que je tiens le chat !

Heureusement d'ailleurs qu'il ne le lâchait pas, car le matou était aussi affolé que ses maîtresses et labourait les bras du garçon dans l'espoir de prendre la tangente. Léo ne tarda pas à le mettre dans sa caisse, le temps que la boule de poils se ressaisisse. Quand il ferma la porte, Gavroche feula en le fixant de ses pupilles dilatées.

— Ça va aller, mon gros pépère, t'inquiète pas.

— Qu'est-ce qui se passe ? pleurnicha Louise. Pourquoi on est pas à la maison ? Où est la maison ?

— Nous allons tout vous raconter, rassura Jade, mais, pour le moment, nous devons impérativement reprendre la route.

Plus hésitantes que si on leur servait une assiette de salsifis, Louise et Emma approchèrent du véhicule.

— Pourquoi y a des bagages dans la voiture ?

— Ça aussi, nous allons vous l'expliquer. Allez, montez, pressa Max.

— Non, attends ! Je pense qu'il vaut mieux opérer tout de suite, ce sera plus simple, sous-entendit Jade.

— Ça marche !

— Les filles, vous allez faire comme papa, Léo et moi, ordonna la mère en montrant le collier. Vous allez pincer le médaillon et ne surtout pas le lâcher.

— Mais pourquoi ?! s'énerva Emma.

— Nous te l'expliquerons…

— Tout à l'heure, oui, vous nous l'avez déjà dit, marmonna Louise.

Ensemble, ils tinrent le talisman et Jade prononça le mot magique. Aussitôt, plus de vent, plus de chant estival, plus de bruissement de feuilles. Le silence le plus mortel qui soit envahit l'endroit. Seuls les craquements de leurs pas sur les brindilles et le frottement des étoffes de leurs vêtements rappelèrent que la vie régnait malgré tout. Les yeux des petites s'arrondirent devant le spectacle surréaliste des insectes suspendus en plein vol.

— Prêtes pour les explications ?

— Oui, répondirent mollement les fillettes.

— Alors, en piste.

Les parents racontèrent les péripéties qui les avaient menés à fuir leur maison. Évidemment, les deux gamines les assommèrent de questions ; à tel point que, les figer à nouveau pour gagner un peu de répit, traversa l'esprit de Jade. Elle lança un coup d'œil coupable à son mari, mais son air exaspéré l'amena à penser que Max imaginait probablement la même chose. Quant à Léo, qui restait muet – le front appuyé contre la fenêtre –, il y avait fort à parier qu'il le désirait ardemment lui aussi.

— Pauvre vieux ! coupa volontairement Max en évoquant le chat. Il n'est pas épargné, ce petit père. On doit lui trouver un coin où il pourrait se dégourdir les pattes et se remettre de ses émotions.

— Cela fait des heures que nous roulons, mais nous ne nous sommes pas vraiment posé la question du « où », commenta Jade.

— J'avais pensé aller voir tes parents ou les miens, mais ce n'est sûrement pas une bonne idée.

— J'y avais réfléchi aussi, mais ce seraient les premiers endroits où ils nous attendraient. La police ou cet Ordre ont forcément placé des hommes en faction là-bas.

Les époux grimacèrent. Max leva les yeux vers le rétroviseur pour regarder ses enfants.

— Où aimeriez-vous aller ?

— Chez mamie ! s'exclama Emma.

— Mais non ! Si tu avais écouté ce qu'ils disaient, tu comprendrais que c'est pas possible ! sermonna Léo.

Emma bouda en croisant ses bras sur sa poitrine.

— Disneyland ! proposa la fillette aussi sec, balayant ainsi sa mauvaise humeur passagère.

Le couple s'observa, pensif.

— Ouais ! Moi aussi, je veux aller à Disneyland !

— Moi, j'aimerais bien qu'on retourne dans le zoo qu'on a vu en Bretagne, revendiqua Léo. Comme ça, je pourrai caresser les requins !

Médusés, les parents conversèrent par des échanges de regards complices.

— Eh bien… s'aventura Jade.

— On peut tout visiter, compléta son mari. Si vous le souhaitez. (Les cris de joie de la tribu explosèrent dans l'habitacle.) Mais attention, ce ne sera pas comme vous l'imaginez, avertit Max.

— En effet, à Disneyland, aucun manège ne fonctionnera.

— Et à Océanopolis, ce n'est pas certain que tu puisses plonger avec les requins, mon grand. Vu ce que maman a raconté sur l'eau, cela pourrait s'avérer dangereux.

— Hmm…

Max lut la déception sur le visage de son fils, il rebondit sur-le-champ :

— Mais on pourrait aller à l'autre parc, comme ça tu caresseras les lions, les panthères, les girafes…

— Hmm…

— On avisera. On commencera par Disneyland, et on terminera en Bretagne.

— Où nous nous installerons ! décréta Jade.

— Où on s'ins… Oh ? Vraiment ?

Max se souvint de l'amour de sa femme pour cette région. Il aurait pu protester, mais il ne résista pas à son sourire enjôleur. Ils s'implanteraient donc en Bretagne.

CHAPITRE 17

Pour gagner le royaume de Disney, dans la vallée de la Marne, Max décida de reprendre l'autoroute. Sur une partie du trajet, ils circulèrent sans encombre, compte tenu de l'heure à laquelle Jade avait fixé l'instant. Dans la factualité temporelle, les gens avaient quitté leur travail depuis plus de deux heures et ils se trouvaient en plein milieu de semaine. Cependant, ça se compliqua une fois la couronne du parc atteinte. Le parking principal se situait au nord, il devait en faire tout le tour, or, ça bouchonnait. Jade consulta Google Maps. Même sans réseau, elle pouvait saisir les destinations. Elle partit à la quête de petits chemins pour gruger.

— Là ! déclara-t-elle. Tu prends sur la droite. Ensuite, il faudra remonter le boulevard en sens inverse.

— En sens inverse ?! s'estomaqua Max.

— Oh ! Je m'entends. Et puis, rappelle-toi que nous sommes les seuls à bouger.

— Oui, c'est vrai…

Max avait toujours un peu de mal avec cette réalité.

— Ensuite, tu tourneras sur la droite à un moment donné, pour prendre un chemin de campagne. Le truc, c'est qu'il se termine par une voie en chantier. Elle longe l'avenue Paul Séramy.

— Ouais, ben, tu me parles en russe.

— Après, nous reviendrons sur cette avenue.

— Le parc est encore loin ?

— Non. Pas vraiment. Par-là, nous allons atteindre le Newport Bay Club. Tu te souviens ?

Max fronça des sourcils avant de réaliser.

— C'est pas un hôtel de Disneyland, ça ?

— Si ! C'est…

— Celui dans lequel nous avons dormi il y a trois ans !

Jade hocha la tête énergiquement.

— C'est vrai qu'il était top celui-là !

Le cœur enthousiaste, Max vira à tribord toutes. Il zigzagua entre quelques véhicules, puis, arrivés aux feux tricolores, ils tombèrent sur des voitures qui obstruaient le passage. Il décida donc de chevaucher prudemment le terre-plein. L'homme analysa qu'il pouvait reprendre le boulevard de l'Europe sur la gauche, sans pour autant rouler à contresens, mais opta finalement pour la solution la plus fun. Quand il se retrouva face à un camion et un trafic, Max fit mordre la poussière à son monospace avant de revenir sur la chaussée. Ils abordèrent la première intersection.

— C'est là que je dois tourner ?

— Non. Au prochain croisement.

— Je n'ai jamais commis autant d'infractions au Code de la route en si peu de temps ! badina-t-il.

Le nouveau carrefour atteint, Max bifurqua sur la droite.

— Et tu vas en face.

— En face ? Euh…

— Tout droit !

— T'es sûre, hein ?

— Mais oui ! s'agaça Jade. Maintenant, tu tournes

encore à droite.

— De toute façon, je ne peux pas aller plus loin, railla-t-il.

En effet, face à eux, s'élevaient les champs de maïs.

Ils remontèrent sur quelques kilomètres une route qui traversait des pâturages et des bosquets.

— T'es sûre que c'est par là ? Ça me paraît bizarre.

— Je peux prendre le volant, si tu veux, et toi tu t'occupes de la carte ! houspilla Jade.

— Sans façon ! J'te la laisse ! Moi et la technologie…

— Ne va pas trop vite, car, à un moment donné, nous emprunterons une piste sur la droite.

— Quand ?

— Quand la route s'arrêtera.

Jade ne croyait pas si bien dire ! La rue se mua progressivement en chemin de terre – assez praticable tout de même –, jusqu'à déboucher sur une placette argileuse sur laquelle de gros engins de chantier avaient gravé des sillons. Le deuxième sentier dont Jade parlait, et qu'ils emprunteraient, était visible sur la droite. Le problème, c'est que trois énormes rochers et d'immenses filets rouges dissuasifs le barraient.

— Mamaaaaan ! On est où ? s'impatienta Louise dès son réveil.

— Perdus, répliqua Max du tac au tac.

— Mais non ! Ne dis pas de sottises ! Nous ne sommes pas perdus, c'est juste…

— Que maman nous fait prendre des raccourcis bidon, proposa Max.

Pour toute réponse, Jade lui tendit son téléphone.

L'homme baissa la tête en ricanant.

— Bien. Alors, Dame Boussole, quels sont vos ordres ?

— On va couper les filets !

Max écarquilla les yeux de surprise. Non pas que l'idée lui semblât saugrenue, mais c'était la première fois qu'il voyait sa femme entreprendre des choses illégales. Il sauta hors de la voiture et ouvrit le coffre. Dans sa caisse, Gavroche le fixait de ses pupilles rondes comme des billes.

— Ton calvaire est bientôt fini, mon p'tit vieux.

L'homme fouilla dans l'un des sacs et en sortit une pince coupe-boulon.

— Tu t'apprêtais à braquer Mickey ? plaisanta Jade, qui le rejoignait.

— À deux, nous irons plus vite, rétorqua-t-il en lui tendant une tenaille plus courte.

Le couple se mit à l'ouvrage. Ils vinrent rapidement à bout du filet et contournèrent l'alignement de rochers. Max vira à gauche, puis longea des tuyaux noirs interminables en priant de toutes ses forces de ne pas tomber sur une tractopelle ou autre. Contrainte de rouler sur l'herbe, la voiture sautilla sur plusieurs mètres, réveillant Léo et Emma, qui dormaient jusqu'alors. Désorientés, ils furetèrent par la fenêtre en quête d'explications à leurs inquiétudes.

— On est où ? demanda Léo.

— À Disneyland, mon grand, répondit péniblement Max, tant l'auto les secouait.

— Ça ressemble pas à Disneyland ! bâilla Léo.

— C'est vrai, mais on s'en rapproche ! Là, tu en as un avant-goût ! blagua Max. C'est quoi la prochaine étape ? Une rivière à traverser ? Un lac, peut-être ? Tu sais que ma voiture n'est pas amphibie !

Mais Jade préféra se taire. Enfin, ils retrouvèrent une route nettement plus stable avant d'aboutir sur une artère.

— C'est l'avenue Paul Céramique ?

— Séramy ! corrigea Jade. Oui. Prends à gauche. On va arriver sur un rond-point. Tu en feras le tour pour poursuivre la rue. L'hôtel sera sur notre droite.

Max s'exécuta. Par chance, les chaussées étaient dégagées jusqu'au parking du Newport Bay Club. L'immense bâtisse, au toit bleu lavande et aux façades crème, s'étirait devant eux. Jade eut le sentiment de plonger dans un plateau de cinéma des années vingt, en bord de côte.

— Va jusqu'à l'entrée, il y a de la place. Tu te gareras devant.

« Ne me regarde pas comme ça !

— Tu parles comme une habituée ! argua-t-il.

— C'est que j'ai déjà fait ça à Cannes, devant le Majestic.

— On ne se refuse rien !

Max parqua la voiture à l'ombre. Ils déchargèrent le coffre de quelques effets personnels et du chat, foulèrent le revêtement rouge qui bordait la façade principale et pénétrèrent dans le bâtiment. La sensation d'entrer dans un paquebot était forte. Au sol, des mosaïques reproduisaient la rose des vents et au fond, comme pour le Majestic, s'étiraient les comptoirs blancs de la réception avec leurs rideaux bleu roi aux fenêtres, juste derrière. Tout était dans ces tons bois marins et, malgré la richesse des décors, l'ensemble était sobre. En tout cas, davantage que pour le Majestic. Jade préféra de loin séjourner dans cet hôtel que dans celui de Cannes.

— Tu as procédé comment à Cannes pour prendre une chambre ?

— J'ai récupéré la clé !

— Mais, ce ne sont pas des ouvertures magnétiques ?

— Si ! Et ça fonctionne parfaitement ! Le courant est en continu, comme il est figé.

— Suis-je idiot ! se moqua l'homme.

Max commença à se diriger en face, pour éviter les cordons de la file d'attente et rejoindre les quelques familles qui patienteraient encore très longuement avec les concierges. Mais Jade lui tapota l'épaule.

— La suite présidentielle, ça vous tente ? proposa-t-elle en indiquant des portes à la française en noyer, sur la gauche, surmontées d'une plaque sur laquelle était inscrit « Compass Club ». Je l'avais repéré la dernière fois que nous sommes venus ici. Ils séparent les VIP des autres.

Jade pénétra dans le bureau sombre en quête du passe. Elle ne sut trop pourquoi, mais elle culpabilisa moins que lors de sa première expérience. Sans doute parce que les six personnes qui s'y trouvaient regardaient toutes vers les collègues de la conciergerie « lambda ».

— Maman ?

— Oui, Louise ?

— Pourquoi la dame a peur ?

— Quelle dame, ma puce ?

La fillette pointa du doigt une femme sur sa droite

d'une corpulence moyenne, assise devant l'un des secrétaires. En effet, cette dernière cachait sa bouche avec ses mains, l'air horrifié.

— Je ne sais pas, ma chérie. Sans doute a-t-elle oublié quelque chose ?

Jade leva de nouveau la tête vers la dame. L'employé lui montrait l'écran d'une tablette, plutôt embarrassé lui aussi. Jade avait probablement vu juste.

— C'est bon ! Je l'ai ! annonça-t-elle, triomphante. Direction le dernier niveau.

Comme il était impossible de prendre l'ascenseur, ils affrontèrent tous les étages par les escaliers. Ils croisèrent quelques personnes, des couples, d'autres familles et un homme en pleurs. Jade, surprise, compatit avec ce pauvre bougre. Elle ignorait la raison de son chagrin, mais, dans un lieu comme celui-ci, c'était vraiment ballot d'être aussi triste !

Arrivés tout en haut, les Grinot progressèrent dans un couloir atypique, rappelant les coursives du Titanic. Ils foulèrent une moquette couleur océan et Louise tapota de ses doigts le papier peint imitant des lambris de bois bleu nuit. Emma, plus petite, traîna sa main sur la partie basse du mur, recouverte d'une essence proche du noyer. L'ensemble se mariait à la perfection. Des globes et des spots éclairaient faiblement leur passage. Ils trouvèrent le numéro 7239. Max frotta la carte sur la poignée. Le voyant vira au vert. Il ouvrit la porte.

Les enfants laissèrent exploser des « Ouah » et des « Oooh ! » d'admiration. Ils pénétrèrent dans une entrée donnant sur le salon. Toute l'ambiance cosy était conforme au style balnéaire. Les murs étaient tapissés de papier peint représentant là encore des lambris outremer ornés de liserés argentés et leurs chaussures s'enfoncèrent dans la moquette moelleuse. Baignés par la lumière de deux immenses fenêtres, des commodes, une table à manger en bois sombre, un canapé en tissu bleu sur lequel s'affala Léo et des fauteuils en velours marron optimisaient l'espace. Des télévisions étaient allumées en projetant une image fixe. Sur la table les attendaient du champagne de grande renommée dans son seau à glace, des macarons, un bouquet de fleurs fraîches et une corbeille de fruits. Emma et Louise sautèrent sur le lit deux places qui se cachait dans un renfoncement et s'emparèrent des pièces de chocolat Disney disposées çà et là, dessus. Deux magnifiques peluches à l'effigie de Mickey et Donald y dormaient, en guise de cadeau de bienvenue.

— On peut manger le chocolat ? implora Emma.

— Oh ! Y a du chocolat ?! s'exclama Léo en se jetant vers les filles qui protestèrent.

— T'affole pas, mon grand, lui dit Max, tu en as une pleine boîte sur la table.

Cela signifiait : « feu vert pour tout dévorer ». Jade le fusilla du regard.

— Quoi ? défia l'homme. Tu crois franchement que ça va leur manquer ?

Le couple inspecta la pièce attenante en passant devant un petit promontoire sur lequel tout était mis à disposition pour se faire un thé ou un café. Ils découvrirent une somptueuse chambre avec sa salle de bains privative et encore un téléviseur bloqué sur une image du Canal Disney.

— Il n'y a que nous qui bougeons, répéta Max en bon apprenant.

La pièce possédait tous les atouts pour les séduire, mais Jade et Max ne se sentirent pas tranquillisés. Même si en apparence tout danger était écarté, leur instinct parental régentait tout le reste. Ils abandonneraient donc ce nid douillet à leurs filles, Léo dormirait sur le canapé et eux deux prendraient l'autre lit double, celui dans l'alcôve.

Jade contempla le spectacle par la fenêtre qui donnait sur le lac Buena Vista, avec l'éternelle montgolfière, le phare et l'hôtel New York à l'horizon. Elle se pencha légèrement pour observer les gens dehors. Certains s'apprêtaient à entrer dans le bâtiment quand elle avait stoppé le temps, d'autres joggaient sur la promenade. À y regarder de plus près, ils couraient en tenue de ville. Un couple tirait même leur enfant par le bras, ce qui intrigua davantage la jeune femme. Des personnes qui pleurent, d'autres qui courent, ce n'étaient pas les souvenirs qu'elle avait de cet endroit où nul besoin de talisman pour suspendre l'instant. Quelque chose se tramait. Une averse annoncée ? Un violent orage ? Elle avait beau scruter le ciel, celui-ci étirait quelques filaments de nuages comme une toile d'araignée sur son fond azur, mais rien d'alarmant. Un concours de circonstances, probablement. Elle oublia vite ces questions. Pour l'heure, il était temps de libérer Gavroche. Certes, figé, il ne représentait pas un problème potentiel, mais ils étaient mal à l'aise avec l'idée de trimballer un chat empaillé.

Une fois les commodités et le coin-repas préparés pour le félin, tous se retrouvèrent autour du médaillon pour le rituel. L'opération ne devait durer qu'une poignée de secondes. Jade s'exécuta et Gavroche feula du fond de sa caisse. Mince ! Ils n'avaient pas pensé à ça. Que la patte de l'animal touche le talisman au moment où ils arrêteraient de nouveau le temps était essentiel. Mais, tapie dans sa boîte, la boule de poils les informa qu'il ne souhaitait pas coopérer. Ils n'avaient donc pas le choix, ils agiraient sans lui. Attristés, ils le statufièrent une fois de plus.

CHAPITRE 18

Après avoir dormi quelques heures, la famille Grinot descendit jusqu'au restaurant Cape Cod afin de se sustenter et de reprendre des forces pour affronter leur journée. Des touristes figés patientaient en file indienne devant un buffet aux allures de vagues derrière lequel s'activaient dans des postures arrêtées des chefs cuisiniers et leurs toques impeccables. Certains arboraient les oreilles de Mickey ou de Minnie (même les adultes !) et des gamins portaient les costumes de leurs héros favoris. Des crédences débordaient des filets de pêche gorgés de fruits. De la nourriture à profusion s'étalait sur les consoles étoilées, maintenue au chaud sous des lampes en forme de cloches (comme celles que l'on trouvait dans la cabine de pilotage des vieux paquebots). Tous les goûts pouvaient être satisfaits. Embarrassé, Max passa entre deux personnes en les frôlant. Les enfants remplissaient leurs assiettes outre mesure tandis que Jade élaborait une liste des provisions qu'ils pourraient charger en repartant.

— J'ai envie de tout manger ! s'exclama Léo en se léchant les lèvres.

Ils s'installèrent à une table, dans la salle attenante, circulaire et lumineuse. Au beau milieu siégeait la sculpture monumentale d'une sirène prisonnière d'une proue de bateau, des coraux et des coquillages.

— Quelle heure est-il ? demanda Max, des cernes sous les yeux.

— Difficile à dire, avoua Jade. Quand le temps s'arrête, tout s'arrête. Pour nous, il défile, mais nous ne le voyons pas.

— Ça, merci, ironisa son époux, j'avais pigé. Ce que j'aimerais savoir c'est combien d'heures nous avons passées depuis que nous avons quitté la maison. C'est tellement déstabilisant de se retrouver dans une journée en continu, une journée où le soleil est toujours au même endroit !

Max s'était réveillé de mauvaise humeur. Cela n'allait pas arranger les choses.

— Ça ne te perturbait pas, toi ? Quand tu partais comme ça, durant ces périodes ? Parce que, désolé, mais ce sont des journées entières que nous passons, comptant 24 h, sauf que rien ne l'indique ! Ça ne te rendait pas dingue ?

— Pour tout dire, pas vraiment. Parce que j'avais un but et je savais que je reviendrais dans la réalité.

— C'est ça ! s'emporta-t-il.

Max secouait ses genoux en tambourinant son assiette avec sa fourchette.

— Le problème, c'est que nous sommes coincés, poursuivit-il. À cause de ce foutu médaillon ! Et je ne suis pas certain que nous ou les gosses le supporterons ad vitam æternam.

Max avait raison, Jade le savait. Mais si elle ordonnait au temps de reprendre son cours, sa famille courait un danger réel.

— J'ai une idée, annonça la jeune femme. (L'homme s'avança, tout ouïe.) Quand nous en aurons terminé ici, nous tâcherons de trouver une autre voiture. Ce ne sera pas aisé, car il est nécessaire qu'elle soit éteinte, avec les clés dessus.

— Suffit de pister quelqu'un qui se dirige vers la sienne et qui a son trousseau à la main ou dans sa poche, ce n'est pas compliqué. Ensuite ?

Jade s'efforça de calmer son agacement, mais Max avait parfois le chic pour la mettre hors d'elle.

— Ensuite, je partirai de mon côté et j…

— WO ! Minute ! Il est hors de question que l'on se sépare !

— Écoute-moi, Max, tu as raison. Cette situation n'est agréable pour personne, j'en suis la responsable, je dois donc arranger tout ça.

— Chérie, j'adore quand tu reconnais que j'ai raison, mais là, je le répète, il en est hors de question !

— Je vous ai tous mis en danger !

— Mais nous sommes une famille ! contrattaqua-t-il.

— Les enfants et Gavroche doivent être à l'abri !

— J'entends parfaitement, poursuivit Max, mais je te rappelle que nous sommes une famille. Dans des temps ancestraux, tout le clan se soutenait et vivait les galères collectivement. Nous sommes un clan ! Le clan Grinot !

— J…

— Teu, teu, teu ! Je constate que tu n'as pas de solution, pour le moment. Nous en trouverons une, ensemble. Et c'est sans appel !

Jade tordit sa bouche tandis que Max se levait pour rapporter son plateau. Elle se l'avoua, la décision de son compagnon la rassurait. La jeune femme n'avait aucune envie de faire cavalier seul et tirer un trait sur sa famille. Elle tourna la tête pour observer ses enfants changer de tables en riant. Ils n'avaient quasiment rien mangé. Ils finiront par se lasser, eux aussi, tôt ou tard. Emma, l'impertinente, s'assit à côté d'un serveur aux allures de marin, et s'adressa à lui comme s'il pouvait l'entendre. Jade se leva pour donner une petite leçon de morale à ses voyous. Le jeune homme au pull rayé tenait sa tête baissée dans ses mains, une tablette numérique posée sur la table.

— Emma ? Arrête d'importuner ce monsieur.

— Mais, maman ! protesta cette dernière, il remue pas !

— Je sais, mais ce n'est pas une raison. Le respect s'applique à tout le monde, même si les gens ou les animaux ne bougent pas. Tu comprends ?

— Oui, maman, bouda Emma en se laissant glisser de la chaise.

Jade tendit la main à sa fille qui s'en saisit avec contrariété. Avant de s'éloigner, elle jeta un œil sur la tablette et y distingua des images de ciel et des gros titres alarmants. Manifestement, le serveur marin regardait les infos. *Pas étonnant qu'il déprime*, songea Jade, *ils ne savent montrer que de mauvaises nouvelles. Heureusement que le reportage n'était pas sur moi !*

Ils étaient en basse saison, aussi, moins de monde que d'ordinaire fréquentait Disneyland. Sans files d'attente, les enfants purent grimper à loisir dans les manèges et parcourir tous les jardins du parc. Ils s'amusèrent comme des petits diables, même si les attractions ne fonctionnaient pas réellement. Rien ne leur était interdit, si ce ne furent certains divertissements impraticables en raison de leurs configurations. En effet, remonter le cours d'eau de Pirates des Caraïbes ou bien dévaler les montagnes du Colorado à bord du train de la mine était juste impossible à faire. Cependant, ils s'arrangèrent avec certains autres jeux, comme le voyage de Peter Pan ou encore l'Aventure Totalement Toquée de Ratatouille. À renfort de lampes de poche et en surveillant les endroits où ils mettaient leurs pieds, ils se promenèrent dans ces décors enchanteurs. L'un des moments les plus plaisants fut celui où ils réalisèrent quelques selfies avec tous les protagonistes des films Disney. Là encore, aucune attente ! Jade se faufila entre Sally et Jack Skellington, ses personnages préférés ! Léo posa aux côtés de l'irréductible Jack Sparrow ! D'ailleurs, Max le pressa pour prendre sa place. Et les filles optèrent pour les princesses Cendrillon et Ariel, évidemment. Emma raffolait de la petite sirène, aussi, eut-elle du mal à la quitter quand ses parents lui enjoignirent de partir.

— Pourquoi elle parle pas Ariel ?

— Parce qu'on a arrêté le temps ! Faut te le dire dans quelle langue ? pesta Louise.

— Moi, je voulais qu'elle bouge, déclara la gamine, déçue.

Max rejoignit sa femme en lui tendant une montre digitale arborant la tête de Mister Jack. Il montra fièrement celle qui entourait son poignet.

— C'est le babouin du *Livre de la Jungle* qui m'indiquera l'heure. Et elles ont toutes les deux une fonction chronomètre ! Comme ça, nous connaîtrons le nombre d'heures que nous avons passé entre deux pauses temporelles ! annonça-t-il dans un large sourire.

Voilà une éternité qu'ils avaient renoncé à porter des montres, mais touchée par son geste, Jade l'embrassa aux sons des « beurk ! » de leurs enfants.

Alors qu'ils sortaient du Marvel Design Studio en direction de l'hôtel, un groupe de personnes posté à l'entrée alerta Jade. Il était atypique, car les gens ne paraissaient pas avoir de liens entre eux. Ne serait-ce que par leur langage corporel. Leurs visages étaient graves. À plusieurs reprises durant leur pérégrination, Jade avait remarqué les mêmes airs préoccupés autant chez les visiteurs que parmi les employés du parc. Quasiment tous regardaient les écrans de leurs smartphones. Elle abandonna sa famille, le temps de comprendre ce qu'il en retournait. Les signaux d'alerte avaient atteint le niveau supérieur. *Trop de coïncidences,* suspecta Jade. Le cœur palpitant, elle tenta de se faufiler entre les membres agglutinés du groupe, sans succès. C'est alors qu'elle repéra un peu plus loin une femme en robe longue à grosses fleurs, son téléphone à la main, et qui signait vers une autre personne. Cette dame semblait tout aussi apeurée. Là, c'était évident, quelque chose d'inquiétant se déroulait. Jade se précipita vers elle, sous le regard intrigué de Max et des enfants.

— Mais qu'est-ce que tu fabriques ?

— Je vérifie quelque chose !

Créant de l'ombre avec sa main, Jade s'ingénia à déchiffrer le contenu de l'écran que tenait cette femme à la robe fleurie. Encore une carte du ciel et un gros titre. Ce dernier disait : « Plus que 5 jours ! » Mais plus que cinq jours de quoi ? Et pourquoi cette image des étoiles ? Pas moyen d'en savoir davantage, comme il s'agissait manifestement d'un reportage et non d'un article. Cela agaça prodigieusement Jade, qui revint vers son mari, le pas décidé.

— Alors ? se rencarda-t-il.

— Je t'expliquerai plus tard, lança-t-elle en montrant les enfants du menton.

Max n'insista pas.

Des rêves plein la tête et des étoiles dans les yeux, les gamins se jetèrent avec bonheur sur le buffet, et cette fois-ci ils dévorèrent le contenu de leurs assiettes comme des bêtes affamées. Jade et Max se placèrent à l'écart afin de discuter à l'abri des oreilles indiscrètes.

— Alors ? la pressa Max. Qu'est-ce qu'il se passe ?

— Je ne sais pas vraiment, mais, à ce que je comprends, un évènement aura lieu dans cinq jours. Ça a un rapport avec le ciel. Et à en croire les gueules qu'ils tirent tous, ce n'est pas la joie.

— Une invasion d'extra-terrestres ? plaisanta-t-il. C'est bon pour toi, ça ! Tu passes au second plan !

— Max…

— Quoi ? On peut en rire. Et puis, tant que le temps est arrêté, rien n'arrivera dans cinq jours.

Jade se leva promptement pour naviguer entre les pensionnaires et les employés. Dès qu'elle regardait les écrans de tous les appareils numériques, la même image s'affichait. Elle se saisit de la tablette du serveur marin qu'Emma avait embêté plus tôt et la montra à Max.

— Tu en penses quoi ?

— Honnêtement ? (Max hésita un instant.) Des

extra-terrestres ? (Jade leva les yeux au plafond.) Non !
C'est pas l'expédition internationale qui doit aller sur la
Lune bientôt ?

La jeune femme s'assit en expirant. Bien sûr !
C'était forcément lié ! Max avait raison, une fois de
plus. La NASA en partenariat avec l'ASE et Roscosmos
avait conjointement lancé un programme spatial à la
conquête de la Lune, afin d'y établir une base. Ces
agences rencontraient sans doute un problème avec la
mission. D'un côté, Jade fut soulagée de savoir que la
gravité de l'évènement était moindre, d'un autre, cela
signifiait que l'attention serait de nouveau très vite
portée sur elle. Elle soupira une fois de plus.

La journée et toutes ces émotions avaient exténué
tout le monde. Jade tira les rideaux épais pour créer de
la pénombre dans la chambre des filles. Elle aida Emma
qui rencontrait des difficultés pour prélever l'eau d'un
pichet, qui ressemblait davantage à de la gelée, et
l'utiliser avec son dentifrice. Elle lui montra comment
la manipuler pour se nettoyer le visage. Ensuite, les
petites sautèrent sur le matelas pour se glisser sous les
draps.

— Pourquoi on doit dormir ? demanda la plus
jeune en baillant à s'en décrocher la mâchoire. Il fait
jour.

L'aînée rouspéta, mais Jade la calma aussitôt en
déposant un baiser sur son front. Louise se mit dos à sa
sœur. Jade contourna le lit et vint s'asseoir près
d'Emma.

— Ma louloute, on te l'a déjà expliqué plusieurs
fois. Nous avons arrêté le temps alors que nous étions

encore en plein jour, parce que des gens méchants cherchaient à nous attraper. Dès que nous serons en sécurité, nous défigerons l'instant et nous pourrons reprendre une vie presque normale.

— Alors, ça veut dire qu'après y va y avoir la nuit ?

Jade expira.

— Oui, mentit-elle. Allez, il faut dormir. Demain, nous avons pas mal de route qui nous attend.

— On part déjà ? demanda Louise.

— Oui. Nous avons accepté ce détour pour vous faire plaisir avant tout.

« Maintenant, c'est dodo. Bonne nuit, les filles.

Jade tira la porte de la chambre derrière elle. Les rideaux étaient déployés et Léo avait défait le canapé. À présent, il jouait avec la télécommande pour tenter de changer les chaînes du téléviseur. Comme il n'y parvint pas, le garçon abandonna l'affaire et ferma les yeux. Max attendait sa femme, allongé sur le lit, les draps jetés au bas du matelas.

— J'ai trop chaud, murmura-t-il.

— J'vois ça.

Il ouvrit ses bras pour que Jade vienne s'y blottir.

— On va trouver une solution, je te le promets. On va dénicher un bon chirurgien et on le soudoiera pour qu'il nous fasse un ravalement de façade. Puis, un bon recéleur pour commander nos nouveaux papiers d'identité. Ni vus ni connus, dit-il en embrassant le front de son épouse.

Jade sourit, mais n'eut pas la force de répondre. Elle s'assoupit aussitôt.

Une musique enfantine explosa dans la suite. Jade, Max et Léo sursautèrent. En ouvrant les paupières, le cœur au bord du suicide, la jeune femme se sentit agressée par les frises peintes de Donald, Mickey, Pluto et toute la clique. Elle mit du temps à replacer les pions dans les bonnes cases.

— Putain ! Il s'passe quoi, là ? beugla Max.

Le répertoire des chansons Disney défilait au travers des trois téléviseurs. Terrifié, Léo souleva les rideaux.

— Papa ! Papa ! Les gens sont vivants !

Un pigeon traversa devant la fenêtre.

— Les oiseaux aussi !

Gavroche n'était plus dans sa caisse. Ils le cherchèrent partout. Jade sous les lits, Léo sous le canapé et Max à l'entrée.

— La porte est ouverte, annonça-t-il, alarmé. On l'a mal fermée hier ?

— Non. Je ne me souviens pas. Mais… mais… comment…

Alors, Louise jaillit de la chambre, en pleurs.

— Emma a disparu !

ChAPITRE 19

Préoccupée, Emma ne quittait pas des yeux les lourdes tentures aux losanges cyan qui camouflaient la grande fenêtre. Elle devinait la lueur du soleil cachée derrière. La nuit ne venait pas, contrairement à ce qu'avait assuré sa maman. La fillette se tourna vers sa sœur.

— Louise ? (Pas de réponse.) Tu dors ? (Toujours pas de réponse.)

Emma, elle, ne parvenait pas à trouver le sommeil. Elle devait avertir sa mère pour la Lune qui ne se montrait pas. Doucement, la petite se glissa hors des draps et se dirigea vers la pièce d'à côté sur la pointe des pieds. Elle s'approcha de Léo, qui ronflait presque aussi fort que papa. C'était donc peine perdue pour obtenir une explication. Emma se pencha au-dessus de ses parents.

— Maman ?

— Hmm… bruissa Jade.

— Il fait toujours jour ! C'est encore loin la nuit ?

Mais Emma ne décrocha aucune réponse, pas même un grognement. L'enfant lâcha un soupir désabusé. Bien éveillée, elle s'ennuyait prodigieusement. Elle s'assit en tailleur devant la caisse du chat pour observer Gavroche dont l'air hagard lui rappelait sa propre peine. Elle ouvrit la petite porte et prit le matou sur ses genoux. La fillette lista dans sa tête tout ce qu'elle aimerait accomplir pour tuer le temps. Elle en trouva beaucoup. Une chose la tarabustait plus que les autres. Emma savait que papa et maman désapprouveraient, mais, comme ils dormaient à poings fermés, elle ne risquait rien. Elle pouvait s'autoriser une petite échappée, puis elle reviendrait au lit avant leur réveil, comme si rien de tout cela ne se serait passé.

Confiante en son plan, Emma déposa Gavroche sur la moquette, se leva et se dirigea vers la table de nuit près de Jade. Sa mère avait pris l'habitude d'ôter son collier magique chaque soir (si on peut parler ainsi) ; une promesse faite à Léo. La fillette le saisit délicatement et le passa à son cou. Après quoi, elle enfila ses vêtements, ses chaussures et franchit la porte qu'elle oublia de refermer correctement. Emma défila dans les couloirs en lançant des « Bonjour, madame ! » et des « Bonjour, monsieur ! » à chaque personne qu'elle croisa. Sautillant de marche en marche, elle tenta de les compter, mais recommença plusieurs fois quand elle réalisait qu'elle se trompait une fois arrivée à *douze*. Elle longea les vitrines de la Bay Boutique avant d'y pénétrer.

— Ouah ! s'exclama-t-elle. C'est trop beau !

Au milieu de la pièce circulaire s'élevait une statue en bronze de Mickey en tenue de marin, empoignant la barre d'un navire. Emma ne savait où poser ses yeux parmi ces magnifiques costumes, ces figurines, ces tirelires et tous ces accessoires incroyables. Déterminée, la fillette flâna dans le magasin, mais ne trouva rien de ce qu'elle cherchait ! Elle quitta donc l'hôtel pour longer le lac, passa sur un pont pour regarder les poissons figés sous l'eau, et se perdit dans les ruelles encombrées du Disney Village. Emma ne s'affola pas pour autant. Elle savait qu'elle dérogeait à toutes les règles et qu'il en allait de sa responsabilité. Aussi, si elle devait paniquer, elle le ferait plus tard. De toute façon, ses yeux étaient trop occupés à absorber toutes ces jolies découvertes. La fillette arriva à la hauteur d'une nouvelle boutique sur sa droite. Le Disney Store était immense ! Nettement plus vaste que le magasin de l'hôtel ! Emma ne résista pas à l'envie d'entrer. Elle déambula dans les allées, une idée bien précise en tête. Enfin, elle la trouva ! Les pupilles pétillantes, la bouche entrouverte, Emma fantasma devant LA robe de ses rêves. Ariel était tellement belle dedans ! Elle le serait forcément, elle aussi ! Tirant légèrement sur le turquoise, brillant de mille feux avec ses épaules bouffantes et ses voiles sur la jupe, elle était PARFAITE ! Ne restait plus qu'à choisir les accessoires : les gants, les bijoux et les chaussures. Emma se déshabilla sans la moindre pudeur, plaça ses vêtements en boule dans le rayonnage et se transforma en princesse en un clin d'œil. Puis, elle admira son reflet dans un miroir. Qu'elle était jolie ! Jamais elle ne l'enlèverait ! Même si maman lui ordonne de prendre un bain, elle se baignerait avec ! Hormis cette chose blanche et dure accrochée dans le dos de sa robe et qui la gênait un peu, tout était absolument PARFAIT ! La jeune princesse était prête à rencontrer la vraie princesse !

Emma se rappela que, pour rendre les personnes vivantes, il fallait retirer le médaillon de son cou, le tenir et prononcer… bravo ? Hop ? Po ? Emma ne s'en souvenait plus, et aucune de ces formules ne fonctionnait. Elle commençait à repartir quand le mot lui revint sans crier gare :

— Stop !

Aussitôt, les gens s'animèrent autour d'elle, les musiques s'élevèrent du commerce et de la rue. La magie reprenait. Emma était enchantée. Elle allait se ruer hors du magasin, lorsqu'elle réalisa qu'il lui manquait un dernier atour, et sans doute le plus important : la tiare ! La fillette en repéra une sur un promontoire. Elle se dressa sur la pointe des pieds pour tenter de l'attraper, mais n'y parvint pas. Elle posa le collier de Fontanges sur une étagère plus bas afin de pouvoir se tenir d'une main et saisir le diadème de l'autre, puis monta sur la gondole. Ses efforts portèrent ses fruits et Emma put orner sa tête avec la splendide couronne. Elle jeta un œil au miroir. PARFAITE ! Cette fois-ci, c'était la bonne, elle pouvait rejoindre Ariel.

Sans le vouloir, Emma bouscula une dame qui sortait de la boutique en même temps qu'elle. L'alarme se déclencha aussitôt. Le vigile, jusqu'alors discret, fondit sur la pauvre femme en lui ordonnant d'ouvrir ses cabas.

— Je ne comprends pas, s'affola la dame en coopérant.

— Ouvrez votre sac à main, s'il vous plaît, rétorqua le surveillant d'une voix ferme.

— Vraiment, je ne comprends pas !

Soudain, une vendeuse cria « C'est cette gamine ! » en pointant son doigt vers Emma. « Elle a volé une robe ! » Le vigile se précipita dehors après avoir remercié la touriste pour sa pleine collaboration.

La figure de cette dernière s'affaissa de soulagement. La petite sillonna la foule et le décor, telle une souris. Emma ne réalisa pas qu'elle était suivie et l'homme avait toutes les peines du monde à la pourchasser. Il finit par la perdre de vue. Il appela du renfort, mais ne fut pas plus avancé :

— Description ? cracha le talkie-walkie.

— Une fillette de six-huit ans, un mètre vingt environ, les cheveux longs, châtain clair et elle porte une parure de princesse bleue, soit Cendrillon, soit Yasmine, soit…

— Tu te fous d'nous ?! grogna le collègue. Tu sais combien y a de gamines qui correspondent à cette description ? On est à Disneyland, mec ! T'as pas un truc plus croustillant ?

— Elle a l'antivol accroché au col de la robe, au dos !

— Les cheveux longs, tu dis ?

— Affirmatif !

— Longs jusqu'où ?

— Jusqu'à la taille. C'est que vous l'avez en visu ? demanda le vigile, plein d'espoir.

— Tête de nœud ! Je te laisse réfléchir ! Terminé !

Le gardien prit quelques secondes pour synthétiser les informations dans son cerveau et comprendre l'ironie de la situation. Et puis, merde ! De toute façon, vu ce qui s'apprêtait à leur tomber dessus dans cinq jours, qu'est-ce qu'on en avait à foutre qu'une gamine se balade avec une robe de princesse volée ! Qu'elle en profite !

Le surveillant retourna dans le magasin et annonça que la fillette lui avait échappé.

Emma poursuivit sa route – qu'elle trouva longue, d'ailleurs – et atteignit l'entrée du parc. Elle suivit la masse qui se précipitait dans tous les sens, sous les arcades de l'incroyable Hôtel Disneyland aux allures de palais. Un couple se faisait contrôler.

— De toute façon, on a quoi comme option ? s'agaça le conjoint. Où que l'on aille, le résultat sera le même !

— Vous voulez faire quoi ? demanda l'un des gardiens.

Emma se baissa pour se glisser sous les portiques.

— Pourquoi pas passer les heures qu'il nous reste ici ? Au moins, nous connaîtrons un peu de joie ! tenta de les convaincre la femme. S'il vous plaît…

Le guichetier le plus à gauche repéra l'enfant qui leva les yeux sur lui.

— C'est bon, allez-y, annonça son collègue.

Emma adressa un sourire à l'homme de gauche qui lui répondit par un clin d'œil. Elle put passer, elle aussi.

La fillette savait qu'elle devait rejoindre le château de la Belle au bois dormant pour retrouver Ariel. Facile ! Il lui suffisait de suivre le boulevard Main Street jusqu'au bout. Emma l'atteignit après une longue marche et grimpa sur le pont dans l'espoir d'entrevoir le dragon dans sa grotte. Mais point de dragon, et point d'Ariel. Elle rencontra bien Cendrillon, qui avait toutes les peines du monde à dissimuler sa tristesse, et une Aurore qui levait plus souvent la tête vers le ciel qu'elle la baissait vers les enfants. Déçue, Emma décida de vaincre sa timidité et de demander aux passants où était sa princesse. Si certains lui répondirent qu'ils ne savaient pas, nombreux étaient ceux qui l'ignorèrent. L'angoisse d'Emma monta d'un cran. Ses parents, sa sœur, son frère et Gavroche lui manquaient.

CHAPITRE 20

— Non, non, non, non, non… répéta Jade sans cesse.

— Ne t'inquiète pas, ma chérie, on va la retrouver.

— Elle a pris mon talisman, Max ! C'est une catastrophe ! Elle peut être n'importe où ! On peut l'avoir enlevée, on peut lui avoir fait du mal, elle se trouve peut-être coincée on ne sait où ! Et dans moins de deux heures, la nuit tombera !

L'homme voulut consoler sa femme, mais cette dernière le repoussa violemment et se précipita dans le couloir. Max intima à Louise et à Léo de les suivre.

— Mais, et Gavroche ?

— Il ne risque rien dans sa caisse, nous fermerons soigneusement la porte derrière nous.

Quelques secondes plus tôt, ce fut Louise qui découvrit le matou, camouflé sous les toilettes de la salle de bains privative. Elle lui donna son bol de croquettes et un peu d'eau qu'elle plaça dans sa malle de voyage, avec lui.

Ils inspectèrent le Newport Bay Club dans ses moindres recoins en hurlant le prénom d'Emma. Personne ne prêta attention à eux. Visiteurs comme employés étaient tous occupés au téléphone ou plantés devant les télévisions qui diffusaient toutes le même programme. La panique avait gagné tout l'hôtel, la leur se fondait dans la masse.

— Mais qu'est-ce qu'ils ont tous là ? s'interrogea Max en passant rapidement devant les écrans. Ce n'est qu'une mission spatiale !

— Je pense que c'est bien plus grave que ça, en déduisit Jade.

— Tu crois que c'est l'ISS ?

— Qui serait sur le point de s'écraser sur Terre ?

Jade porta instinctivement sa main sur sa poitrine. Si seulement elle pouvait arrêter le temps, ils auraient non seulement les réponses à leurs questions, mais ils retrouveraient leur fille plus facilement. Une fois dehors, la jeune femme stoppa sa famille sur le chemin de randonnée qui bordait le lac.

— Réfléchissons, suggéra-t-elle. Mettons-nous à la place d'Emma. Elle est forcément partie de son plein gré puisque la vie a repris son cours.

— Oui ! Et si elle a utilisé le médaillon, c'est qu'elle avait un bon motif, ajouta Max.

— On est d'accord.

— Elle veut peut-être faire un manège ? proposa Léo.

— Tu as raison, acquiesça le père.

— Sans nous ? douta Louise.

— Pourquoi aurait-elle défigé le temps ? demanda Léo, sceptique.

Les Grinot se concentrèrent avant de trouver ensemble la solution.

— Ariel ! s'exclamèrent-ils en chœur.

— C'est ça ! Elle était déçue qu'elle ne soit pas vivante ! Elle est partie la chercher !

Sans attendre, Jade, Max, Léo et Louise s'élancèrent à travers le Disney Village pour gagner au plus vite l'entrée par l'Hôtel Disneyland. Les gens couraient dans toutes les directions, d'autres se consolaient entre eux, plusieurs vomissaient. L'ambiance était surréaliste.

— On ne la trouvera jamais dans tout ce monde ! Et c'est tellement gigantesque ! pleura Jade.

— Ne sois pas pessimiste, gronda Max. Nous la retrouverons !

Ils traversèrent l'Esplanade François Truffaut, puis dévalèrent les jardins de Fantasia pour déboucher au niveau de l'entrée 7. Ils devaient franchir le porche du plus empirique des hôtels de ce royaume pour pénétrer dans le parc. Toutefois, des allées de barrières assorties à la couleur vert bouteille des arches de fer et deux guichets régulaient les visiteurs.

— Nous ne passerons jamais, s'angoissa Jade. Nous n'avons pas de billets. Et il va bientôt fermer !

— Nous trouverons un moyen, tenta de réconforter Max.

— Je veux revoir ma fille, coûte que coûte ! hurla Jade. Elle est toute seule, elle doit être terrorisée.

Max réfléchit un instant.

— Reste ici avec Léo et Louise, je serai plus efficace sans vous. Ne le prends pas mal, surtout. Et cela évitera que nous perdions quelqu'un d'autre. O.K. ? Sans compter que ton visage est le plus recherché à l'heure qu'il est.

— Tu n'es pas très rassurant, là.

— Je me dépêche.

Et Jade vit son époux s'élancer vers les kiosques.

Il entra dans une grande discussion afin de persuader les gardiens de le laisser traverser. Il pointa même sa femme et ses enfants de son bras pour les présenter aux guichetiers. Un troisième personnage arriva derrière lui. Max virevolta brusquement. L'homme lui parla, puis Max le suivit. Il fit un signe vers son épouse pour la rassurer. Mais Jade ne l'était pas du tout ! Les minutes lui parurent interminables. Léo et Louise s'accrochaient à elle, comme s'ils craignaient de s'envoler. Tout autour d'eux, les gens s'affolaient de plus en plus. Enfin, c'était plutôt bizarre, car, si certains cavalaient dans toutes les directions, d'autres, effondrés, semblaient résignés. Jade décida d'apostropher la première personne qu'elle rencontra :

— Excusez-moi ?

Un homme stoppa sa course et lança à son téléphone : « Deux secondes ! »

— … Oui ?

— Qu'est-ce qu'il se passe, au juste ?

Le gars la sonda.

— Vous vous fichez de moi ?! lui lança-t-il, stupéfait. Vous tombez de quelle planète ?!

Jade n'osa pas répliquer.

— Il se passe ÇA ! beugla le type en montrant le ciel, avant de poursuivre son chemin.

Jade n'y comprenait rien. Si l'ISS ou la navette spatiale devait leur tomber dessus, pourquoi certaines personnes restaient plantées là ? Voilà longtemps qu'elle aurait déguerpi à l'étranger avec toute sa famille ! Elle retenta sa chance avec d'autres visiteurs, mais ceux-ci ne prirent même pas la peine de s'arrêter. Elle décida de s'adresser à un groupe assis un peu plus loin, quand elle entendit crier derrière elle.

— Mamaaaaan !!!

Emma courait dans sa direction, faisant voleter sa belle parure bleue. Jade s'élança vers elle, les yeux embués de larmes. Elle se baissa pour accueillir sa fille dans ses bras.

— J'ai eu si peur, mon Dieu ! pleura la mère.

— J'allais ramener la robe, maman. J'allais faire comme toi. Je te le jure !

Jade serra fort sa puce contre sa poitrine. Max parvint à leur hauteur, les traits décomposés. Pourtant, il aurait dû afficher une mine soulagée. La jeune femme se releva, les jambes vacillantes.

— Qu'est-ce qu'il y a ? demanda Jade, affolée.

— Je te l'dirai plus tard. Dépêchons-nous d'aller récupérer Gavroche et nos affaires à l'hôtel.

C'était la première fois que Jade découvrait une expression aussi sinistre sur le visage de son époux. Elle détestait plus que tout rester sur la touche, surtout quand tous ses sens étaient en alerte. Elle tenta une nouvelle approche.

— J'ai essayé de savoir ce qu'il se passe, mais les gens me dévisagent comme si j'étais une détraquée.

Max connaissait parfaitement sa femme, et elle ne lâcherait pas le morceau. Il lui attrapa calmement le bras et la tira vers lui. Puis, il prit une grande inspiration.

— Une météorite se dirige droit sur la Terre.

Le palpitant de Jade s'accéléra. Ce n'était pas la première fois que cela arrivait et l'humanité y avait survécu. Bon, sauf une fois, c'est vrai. Mais ce ne pouvait pas être comme pour les dinosaures, non ! Ils ne connaîtraient pas le même sort !

— Elle fonce sur la France ?

— Tu ne comprends pas ! grommela Max. Elle est gigantesque ! Rien n'y résistera !

Jade en eut le souffle coupé. Elle se remémora le film « Don't look up ». Les scientifiques et les politiques avaient-ils fait la sourde oreille, eux aussi, devant l'extinction imminente de toutes vies sur la planète ? Les nations avaient-elles tout tenté pour détruire ce bolide qui fonçait sur eux ? Avaient-ils déjà construit des vaisseaux capables d'aller jusqu'à Mars ? Et opérationnels ? Avec des gens triés sur le volet ? Non ! Jade ne pouvait s'y résoudre.

Ainsi, ils faisaient désormais partie de la tourmente. Ainsi, ils intégraient la sphère commune. Eux qui avaient vécu dans une bulle durant plusieurs jours, c'en était terminé. La bulle !

— Emma ?! se réveilla Jade, en se précipitant sur sa fille. Où est le collier de maman ?

L'enfant haussa les épaules. La jeune femme conserva son calme.

— Tu sais, le médaillon qui arrête le temps ?

— Je crois qu'il est dans le magasin.

— Quel magasin, ma puce ?

Emma montra le Disney Store du doigt.

— D'accord, répondit Jade en lui souriant.

La famille Grinot pénétra dans la boutique et la parure déclencha l'alarme du portique. La place était déserte. Seuls un vendeur et le vigile étaient présents. Ils arrivèrent devant eux. Le gardien souffla dans un rictus en apercevant la gamine.

— C'est toi qui m'as faussé compagnie, tout à l'heure ? lui dit-il.

— Je viens ramener la robe. J'ai pas pu voir Ariel, répondit Emma, toute penaude.

Le vigile lui adressa un sourire froissé.

— Nous sommes vraiment désolés, avança Jade, nous ne savions pas où était notre fille. Nous avons perdu le contrôle.

— Allez, approche ! pria le gardien à l'attention d'Emma.

Il l'accompagna jusqu'aux caisses, puis la conduisit dans l'arrière-boutique.

— Nous avons trouvé ses vêtements, expliqua-t-il rapidement aux parents afin de les rassurer.

— Ma fille portait avec elle un collier. Elle prétend l'avoir laissé ici. Vous l'auriez retrouvé, lui aussi ?

— Ça ne me dit rien, avoua l'homme.

Emma réapparut en tenue de ville, précédée par une vendeuse. Elle tendit la petite robe, les bijoux, les gants et les chaussures au vigile qui s'en empara. La fillette sursauta, comme elle avait omis de rendre le diadème. Elle corrigea immédiatement son oubli. Le gardien passa tous les articles au-dessus d'un écran, puis ôta l'antivol et enfouit le tout dans une grande poche à l'effigie de Disneyland.

— Ça fait du bien de voir un si beau sourire dans pareil moment, dit-il en brandissant le sac vers Emma. Ça me manquera.

Il s'essuya une larmichette au coin de l'œil, quand Léo remarqua le Talisman de Fontanges posé sur une étagère derrière eux. Le médaillon semblait abandonné parmi des montres, des briquets, des téléphones, des doudous crasseux… qui jonchaient la tablette.

— Maman ! Il est là !

La vendeuse se retourna pour regarder ce que Léo pointait.

— Ce sont nos objets trouvés, expliqua-t-elle.

— C'est notre collier, éclaira Jade, soulagée. Ce bijou est dans notre famille depuis des siècles. Il a une grande valeur pour nous.

— Un peu plus, et je l'aurais gardé, plaisanta la jeune demoiselle en rendant le pendentif.

— Merci.

« Les enfants ?

Machinalement, Max, Léo et Louise touchèrent le talisman.

— Emma ?

La petite attendit quelques secondes avant de se tourner vers le vigile.

— Merci, monsieur, lui dit-elle.

Puis, elle pinça la pierre.

CHAPITRE 21

Jade venait de stopper le temps, probablement pour la dernière fois. L'ambiance était bien différente de toutes les précédentes. Une menace inéluctable planait au-dessus de leurs têtes. L'avenir était incertain.

Ils se dirigèrent d'un pas pressé vers le Newport Bay Club. Dans ce monde à l'arrêt, ils naviguèrent aisément entre les gens et le mobilier urbain. Ils foncèrent dans l'escalier du Compass Club de l'hôtel. Lorsqu'ils surgirent à hauteur de la suite, ils furent surpris de la trouver grande ouverte. Prudemment, ils progressèrent dans l'entrée. Des types sapés de combinaisons blanches relevaient des empreintes un peu partout. Même sur le dessus des portes ! (Comme s'il était venu à l'idée de Jade et sa famille d'explorer le plafond !) D'autres, chichement vêtus et gantés, fouillaient dans leurs affaires, effectuaient des prélèvements dans des pochettes et des tubes à essai ou prenaient des clichés. Plusieurs policiers en tenue secondaient les scientifiques et les hommes en noir. Au milieu du salon, l'un d'entre eux (sans doute le capitaine) et un individu en costume sombre se disputaient, au regard de l'expression sur leurs faciès. À l'évidence, les trois équipes ne bossaient pas ensemble, à bien observer le langage corporel des uns et des autres.

— Fallait s'y attendre, lança Max.

— Ils n'ont pas traîné ! commenta Jade. Tu ne trouves pas bizarre l'idée de faire des prélèvements sur les paumelles des portes, toi ?

— Je pense que tous ces scientifiques devraient plutôt mutualiser leurs savoirs pour nous éviter une extinction, au lieu de chercher une nana qui a emprunté une robe de couturière pour faire des selfies avec ses idoles, grogna Max.

Jade y reconnut une petite pique à son encontre et ne put s'empêcher de comparer sa situation avec l'aventure que venait de vivre Emma. Elle préféra prendre sur elle et se dirigea vers la personne en combi blanche qui s'occupait de l'entrée. Elle examina les poignets de la spécialiste et crut voir un grimage. Jade baissa la manche de la femme sans ménagement.

— Bingo !

Le dessin était exactement le même que celui de la bijoutière et de son acolyte coincée.

— T'en es sûre ?

Jade alluma son téléphone portable et chercha la photo qu'elle avait enregistrée quelques jours plus tôt. Elle compara le cliché et la marque sur la peau de la technicienne. Ils étaient identiques à deux cents pour cent.

— Ils sont partout, ma parole !

La famille Grinot se lança dans l'exploration des avant-bras des intrus. Les deux combis blanches et les trois bien sapés arboraient cet étrange tatouage en forme de sablier et de crânes brisés.

— Il faut partir d'ici. Les filles, préparez vos bagages, faites le tour de la chambre, de la salle de bains pour ne rien oublier. Prenez les produits de soin qui sont sur le lavabo, ils nous seront utiles.

— D'accord papa ! répondirent-elles ensemble.

— Léo, idem.

— Papa ? Y a la dame, elle tient mon carnet, se lamenta Louise.

— Tu le reprends.

— J'ai le droit de lui sortir des mains ? s'étonna la fillette.

— Il est à toi, tu le récupères.

Louise eut du mal à cacher sa joie. Elle s'approcha de l'agent en costume foncé qui s'apprêtait à glisser le petit livret dans un sachet en plastique quand elle avait été figée, puis saisit le calepin et le lui arracha des doigts.

— C'est à moi ! gronda-t-elle.

Jade et Max fourrèrent leurs sacs de leurs effets et de tout ce qui pourrait s'avérer profitable. Avant de passer l'inspection de l'appartement pour voir s'ils n'avaient pas oublié quelque chose, ils récupérèrent les scellés, les échantillons, les appareils photo avec tout ce que ces personnes avaient dans leurs poches : portefeuilles, tickets de caisse… Ils ne manquèrent pas de tirer leurs portraits. Max pensait ainsi se constituer un dossier pour ses recherches. Si Jade défigeait le temps, tout ce beau monde aurait une drôle de surprise !

Ils se précipitèrent ensuite dans l'espace privatif du Compass Club pour prendre des provisions pour la route. L'endroit était impeccable pour rester dans l'anonymat : sombre, chic, cosy avec ses tables et ses fauteuils de bridge qui se groupaient sous une voûte étoilée. Dommage qu'ils ne pussent en profiter. Ils gavèrent des sacs de bouteilles d'eau, de confitures, de viennoiseries, de gaufres, de madeleines, de churros, de cakes sucrés et salés ainsi que de charcuterie, de saucisses grillées et de petits sandwichs. Pas le temps d'aller piquer une tête dans la piscine – regrettable là aussi –, mais ils devaient déguerpir au plus vite.

Une fois dehors, ils retrouvèrent leur voiture, squattée. Elle faisait également l'objet d'une perquisition. Max dégagea l'homme et la femme qui l'exploraient, les vida de tous leurs effets personnels, photographia leurs visages et chargea le coffre. Heureusement, ces intrus n'avaient pas eu la présence d'esprit d'allumer le moteur, ils purent décoller sans attendre.

Max déplora de ne pas avoir investi dans un quatre roues motrices, ce qui aurait été bien plus pratique pour monter sur les hauts trottoirs, grimper les flans des terrassements, parcourir une série de plateformes en béton. À ce rythme-là, sa Titine finirait par lâcher. Les suspensions avaient morflé, les pneus n'en parlons pas, et le pot d'échappement traînait sur le bitume en menaçant de se détacher complètement à tout moment. Dans ce silence pesant, le bruit de casserole de l'auto faisait l'effet d'un homme-orchestre lors d'une veillée funèbre.

Après plusieurs heures de trajet, la famille Grinot choisit de se poser dans un Center Parcs aux portes de la Normandie. Le lieu idéal pour retrouver la nature et le confort d'une maison. Ils avaient tous besoin de souffler, et Jade et Max de réfléchir à la situation. Après avoir cherché un petit moment, Max dégota un superbe cottage à l'esthétique moderne, composé de quatre chambres et même une cheminée. Il attendait sans doute les futurs locataires, comme la baie vitrée était entrebâillée et que tout avait été mis en place pour leur accueil. Les filles furent ravies de pouvoir enfin goûter à une certaine indépendance.

— On dirait que le parc est désert, déclara Max après en avoir fait le tour.

— Tu parles ! Ils sont tous rentrés auprès de leurs familles, compte tenu de la situation.

Dans une manipulation rapide du temps, les Grinot libérèrent Gavroche.

— Évitons qu'il sorte de la maison pendant quelques jours, sans quoi il se perdrait, conseilla Jade aux enfants.

— On va rester jusqu'à quand ? demanda Léo.

— Je n'en sais rien, mon chéri.

— Moi, je préfère ici que à Disneyland ! déclara Emma en se vautrant sur son lit. C'est beaucoup plus beau et y a plein d'arbres !

— Moi, ce que j'aime, c'est que Gavroche soit vivant, dit Louise, mélancolique. Enfin, je veux dire qu'il soit bougeant. Rhaa ! Je ne sais pas comment dire ! râla-t-elle.

— On a compris ! grogna Léo.

Max était dehors, en train de boire un thé. Jade le rejoignit. Elle espéra remplir ses poumons d'une bonne bouffée d'oxygène, mais fut désolée de ne sentir aucun parfum d'arbres ou de fougères. Elle ne l'avait pas totalement réalisé jusqu'alors, mais les odeurs ne duraient pas. Une fois l'instant figé, leurs réminiscences s'évaporaient.

— Même chaud, ce liquide a la consistance d'une

gelée ! annonça Max en se retournant à peine vers sa compagne.

— Je crois, malheureusement, que nous devrons nous y habituer.

Max tiqua en soufflant.

— On arrête le temps parce que nous en manquons et, au final, nous en sommes exclus. C'est un peu ironique, non ?

Mais Jade ne répondit pas. Elle comprenait son raisonnement. Elle avait épuisé toute son énergie à améliorer les tourments de son esprit dans sa vie, à provoquer des moments de plaisir qu'elle s'était jusqu'alors interdits, atteignant parfois les extrêmes, pour quoi ? Pour qu'on les chasse de chez eux, par sa faute ? Pour qu'ils soient en cavale, pour ses erreurs ? Est-ce que le jeu en valait la chandelle ? Coupés d'une certaine réalité, depuis quand la situation avec cette météorite durait-elle ? Comment avaient-ils pu manquer un truc aussi titanesque ?! Quelle ironie du sort, oui ! Elle désirait du temps, elle l'avait. Elle voulait rester auprès de son mari et de ses gosses, elle jouissait de l'éternité, désormais. À moins qu'ils choisissent une autre option, ils subsisteraient. Seuls êtres vivants parmi des statues d'hommes, de femmes, d'enfants et d'animaux.

— Quelle est la situation la plus acceptable ? demanda-t-elle tout haut, les yeux brouillés par les larmes.

— Moi non plus, je ne veux pas voir ma famille mourir. Mais…

Max ne parvint pas à terminer sa phrase. Jade savait très bien ce qu'il avait en tête : « Mais, nous mourrons tôt ou tard, de toute façon ».

— Est-ce que ça vaut le coup ? poursuivit-il. Si l'un de nous tombe gravement malade ou a un accident, comment ferons-nous ? Le jour où il n'y aura plus de vivres, comment survivrons-nous ?

— Tu as raison, tout est à prendre en compte. Peut-être que si nous nous organisons mieux sur le long terme... ?

— Tu sais que la vie disparaîtra avec nous si nous allons dans cette direction ?

— La vie disparaîtra sans nous, de toute façon ! protesta Jade.

— Ce que j'essaye de dire, c'est que nous ne sauverons personne ! Est-ce une vie pour nos enfants ? Ils vont continuer à grandir. Que leur restera-t-il ?

Jade ne voulait pas rentrer dans le tourbillon du défaitisme, même si ce qu'alléguait Max était censé.

— Nous ne connaissons rien de la situation, avança Jade.

— Une météorite qui va éradiquer toute vie sur Terre dans une semaine, ça ne te suffit pas ?! s'emporta son époux.

— Ce n'est pas ça ! On ignore depuis quand ils sont au courant, s'ils ont tenté quelque chose et si oui, quoi ? Est-ce que d'autres essais vont avoir lieu ? Je pense que nous devrions mener des recherches. Je veux savoir !

— Cela nous avancera à quoi ? demanda Max, incrédule.

— À connaître le nombre de minutes qu'il nous reste avant l'impact. À établir une ligne de conduite en conséquence. À prendre une décision. À faire le bon choix.

L'homme cligna des paupières et laissa glisser au
fond de sa gorge une portion de thé gélatineux.

Max s'était réveillé avant tout le monde. Peut-être
n'avait-il pu fermer l'œil ? Jade le découvrit sous leur
voiture, en train de tenter de fixer le pot d'échappement.
La jeune femme avait trouvé un vélo et sa remorque
dans un bâtiment près des parkings. En arrivant à la
hauteur de son compagnon, elle tira la sonnette du
guidon.

— Tu vas où ? s'inquiéta Max, manquant de peu
de se cogner la tête contre le bas de caisse.

— À la pêche aux informations !

L'homme se redressa, bien plus anxieux.

— Tu vas en ville ? Mais c'est à une dizaine de
kilomètres d'ici !

— Et donc ? Voyons, je ne risque rien ! Tout le
monde est figé, j'éviterai tous les chauffards, lui sourit-
elle.

— Où est le médaillon ?

— Sur moi.

— O.K. Si tu as le moindre problème, n'hésite pas
à t'en servir, d'accord ? Je vais allumer des appareils,
comme ça, si tu dois redémarrer le temps, nous le
saurons. Ce sera l'avertissement que tu as des ennuis et
nous débarquerons aussi sec !

— Moi aussi, je t'aime mon chéri, lui répondit-elle
en l'embrassant.

À cet instant, Max aurait adoré retenir sa femme,
la convaincre de la suivre dans un coin peinard pour
batifoler comme des tourtereaux insouciants, mais il ne

se sentait pas serein. Il savait d'avance qu'il essuierait un refus. Quand Jade avait une idée en tête, elle devenait un peu comme tous ces addicts sous l'effet d'une drogue. Il la laissa s'éloigner en admirant les courbes de son corps, jusqu'à ce qu'elle disparaisse de son champ de vision.

Verneuil d'Avre et d'Iton était une grande ville au cœur médiéval. Jade s'y promena avec bonheur. Elle se serait bien accordé une petite visite de la cité, mais Max et les enfants s'inquièteraient de son absence prolongée. Jade s'extasia devant les maisons à colombages, puis parvint jusqu'à une placette proche de l'église. Elle avait vu sur la carte que la bibliothèque municipale se situait dans le secteur. Un bar-tabac presse faisait le coin et, en face, se tenait une splendide bâtisse flanquée d'une tourelle et de deux chiens assis sur son toit. Les façades exceptionnelles affichaient fièrement son damier de pierre, de brique et de silex. Pas de grand écriteau pour annoncer une médiathèque, juste une pancarte sur la porte ouverte qui lui indiqua qu'elle était au bon endroit. Jade espérait découvrir des articles susceptibles d'éclairer ses nombreuses interrogations. Après environ une heure de prospection, sa montre Mister Jack bipa. Elle glissa dans son sac ses précieuses notes sur l'Ordre qui les poursuivait ainsi que tous les journaux et les magazines qui évoquaient la météorite. Elle était parvenue à remonter jusqu'à trois semaines. Elle préféra ne pas les consulter sur place, mais calmement, avec Max. Elle se permit également d'emporter quelques livres pour ses enfants. Dans leur fuite, ils n'avaient pas songé à en emmener. Avant de partir, Jade pénétra dans le PMU Le Rallye pour récupérer d'autres périodiques. Puis, en arpentant l'une des rues principales, elle s'arrêta pour assouvir sa gourmandise et prendre deux croissants pour la route. Malgré l'incongruité de la situation, elle laissa quelques pièces sur le comptoir. Peut-être chasserait-elle ainsi le mauvais sort qui s'abattait sur l'Humanité ? Ensuite, la jeune femme se dirigea vers l'Intermarché qu'elle avait repéré à l'aller pour acheter de quoi préparer les repas. Max l'aurait traitée de stupide de payer ses emplettes alors que la fin du Monde sonnait à leur porte, mais Jade s'en fichait. Tôt ou tard, ils n'auraient plus un sou en poche, de toute façon, et se transformeraient fatalement en voleurs. Enfin, chargée telle la mule, Jade put rentrer.

Les enfants revivaient, loin du stress de ces derniers jours. Ils faisaient du vélo, jouaient à cache-cache dans les bois, caressaient les animaux qu'ils découvraient. Jade avait déniché de quoi leur permettre de dessiner un peu avant de dormir. Elle était heureuse de les voir ainsi. Dans d'autres circonstances, cet épisode, qui lui enseigna combien la vie simple était précieuse, l'aurait sans doute amenée à modifier son quotidien. Si une météorite ne menaçait pas de raser la Terre, elle se serait sentie sereine et en paix en prolongeant ces instants.

Léo et les filles dormaient. Max et Jade en profitèrent pour étaler les trouvailles de cette dernière.
— Avant de nous lancer dans le décorticage d'informations sur l'astéroïde, écoute ce que j'ai découvert sur l'Ordre.

Max se cala sur sa chaise et joignit ses mains. Pas question qu'il en perde une miette.

— Je n'ai pas grand-chose. (L'homme souffla de désespoir.) Mais j'ai retrouvé leur tatouage en forme de sablier brisé dans des livres très anciens. Exactement le même symbole ! Et dans l'un d'eux, *L'Univers matériel et immatériel*, d'un certain Du Fourelle, écrit en 1752, tu as tout un chapitre sur l'Ordre Chronostique.

— Je me souviens de ce mot ! s'extasia Max. Chronochouette...

— L'Ordre Chronostique était un collégial très puissant dont les apôtres étaient disséminés dans le monde. Il est juste mentionné que la royauté leur imputa de nombreuses disparitions. Des meurtres aussi. C'est tout ce que j'ai. Je retournerai à la médiathèque demain et j'approfondirai mes recherches.

Max acquiesça. Jade rangea son carnet de notes et s'empara du premier périodique qui lui tomba sous la main.

Dans un silence religieux, perturbé uniquement par le bruit des pages qui se tournent ou du grattement des stylos sur le papier, le tableau s'éclaircit. Ils découvrirent que la communauté scientifique avait détecté le super-astéroïde depuis le mois de mars. Soit trente jours avant que Jade ne déterre le Talisman de Fontanges. L'objet stellaire était étroitement surveillé. Quinze jours plus tard environ, des responsables du NEO Surveyor, une branche de la NASA chargée d'effectuer l'inventaire de ces géocroiseurs, déclara que la météorite baptisée « Gargantua » était la plus grosse jamais observée jusqu'ici et qu'elle était susceptible de menacer la Terre. Le lendemain, ces mêmes personnes décrétèrent qu'il ne s'agissait plus d'une possibilité, mais bien d'une réalité. Gargantua heurterait notre planète dans très exactement treize jours, dix-huit heures et vingt-et-une minutes, signant l'extinction de toute vie sur Terre. Ils ajoutèrent que des missions avaient été montées depuis des dizaines d'années dans le but de pallier cette éventualité, et qu'elles œuvraient déjà pour tenter de désintégrer l'astéroïde. Il y a quarante-huit heures, l'un des journaux annonçait l'opération de la dernière chance. Visiblement, les expéditions précédentes avaient échoué et entraîné la mort d'un groupe de spationautes. Depuis, aucune nouvelle fraîche. Il ne restait plus que quatre jours et une poignée d'heures et de minutes à l'humanité avant que Gargantua ne la détruise.

Jade et Max se regardèrent un long moment, totalement désemparés. La jeune femme se leva, alla jusqu'à la cuisine et commença à préparer des infusions. Apercevant le paquet de cigarettes sur le plan de travail, elle en extirpa une. Trois ans qu'elle n'avait pas touché à cette saloperie.

— Tu en veux une ? proposa-t-elle à son époux.

— Alors, on fait comme ça ? On fait comme si de rien n'était ? s'emporta l'homme.

— Que veux-tu faire d'autre ? répondit sèchement Jade en tentant maladroitement d'allumer le briquet.

— Je n'sais pas moi ! Peut-être, enquêter sur la dernière mission. Ont-ils réussi cette fois ou pas ?

— Parle doucement, les enfants dorment.

— Jade !

Alors, la jeune femme s'effondra et ses yeux se vidèrent de toutes leurs larmes. Le corps secoué par les sanglots, Jade ne s'arrêtait plus de pleurer. Max vint s'accroupir auprès d'elle et la serra fortement contre lui. Aucun mot ne franchit sa bouche, car il n'en connaissait aucun susceptible de l'apaiser. Lui-même se laissa plonger au fond du gouffre.

Jade et Max ne trouvèrent pas le sommeil. Ils n'avaient besoin que d'une chose : être ensemble. Se sentir vivants. Éprouver de l'amour.

Ils prirent la décision de défiger l'instant, tant que les enfants dormaient. Oui, ils devaient savoir ce qu'il en retournait. Ils allumèrent le téléviseur. L'image d'un présentateur s'afficha sur l'écran. Il diffusait un message identique sur toutes les chaînes :

« *L'opération de la dernière chance a échoué,* annonçait-il, ému. *L'a... l'astéroïde va frapper notre merveilleuse planète, comme l'ont prédit les scientifiques du NEO Surveyor... ce jeu-jeudi... à 15 h 23.* (L'homme renifla.)

« *Retrouvez vos proches, dites-leur combien vous les aimez.*

« *Je ne suis pas croyant,* hoqueta-t-il, *mais... que Dieu vous garde.* »

C'était la fin.

Plus rien n'existerait.

Déjà, l'astéroïde était perceptible dans le crépuscule dénué de tout nuage.

Il était aux portes de leur maison.

Tous ces coins merveilleux sur Terre qu'ils avaient eu l'opportunité de visiter, tous ceux qu'ils ne connaîtraient jamais. Tout allait s'évanouir dans un souffle de feu. La Terre resterait inhabitable durant des millénaires. La vie y réapparaîtrait peut-être, si la planète lui accordait une nouvelle chance. Là, ils allaient se voir mourir, ils allaient voir mourir leurs enfants. Voilà l'un des choix qui se présentaient à eux : disparaître avec tous les Hommes, toute la faune, toute la flore. Appartenir à l'humanité.

L'autre : figer l'instant pour l'éternité et être seuls à jamais.

Ils ne sauraient jamais ce que ces personnages au tatouage sibyllin voulaient faire du médaillon. Leurs enfants ne connaîtraient jamais la joie d'être parents. Ils ne survivraient probablement pas longtemps, mais c'était toujours ça de pris. D'autre part, les épidémies, les catastrophes naturelles, les guerres seraient de l'histoire ancienne.

Jade ôta le talisman de son cou et l'observa. Ses larmes s'écrasèrent sur l'améthyste. Max saisit ses mains.

Ils y avaient mûrement réfléchi.

Léo se leva, médusé de voir la télé fonctionner. Le garçon vint se blottir dans les bras de Max, qui l'étreignit fortement. Tous trois s'enlacèrent en pleurant.

Aussi difficile soit-il, ils avaient fait un choix. Ils avaient pris leur décision.

REMERCIEMENTS

Tout d'abord, un grand merci à toi, cher lecteur, qui me découvre ou continues à me suivre dans cette aventure. J'espère que ce nouveau voyage t'aura plu.

Un énorme merci, bien évidemment, à mes soutiens de toujours : mes enfants, mon mari et mes parents.

Merci à mon équipe de choc ! Mes trois piliers qui me supportent depuis le début : Cathy, Carole et Alice. Merci merci merci les filles pour tout ! Vous êtes tellement précieuses et faites un boulot incroyable !

Merci aux bêta-lectrices qui ont accepté avec enthousiasme de jouer ce rôle : Jennifer et Marie Rose.

Merci également à ma communauté qui me suit sur Instagram, Facebook. Vos likes, vos commentaires sont autant de carburant pour me faire avancer.

D'AUTRES ROMANS DE KABEE GREY

Série OURANA (SFFF)
Livre 1 : Axiomes
Livre 2 : La Communauté des Crânes
Livre 3 : *courant 2024*

EN SAVOIR PLUS SUR L'AUTRICE

Tu t'en doutes, Kabee Grey est mon nom de plume. Un petit jeu de mots sur mon patronyme. Mais qui suis-je ? J'écris des histoires depuis l'âge de 11 ans. Beaucoup de fanfictions (mais à l'époque, personne n'avait eu l'idée d'appeler ça comme ça). J'ai dépassé le demi-siècle et je vis dans un lieu-dit en plein cœur de la forêt creusoise.

Écrire n'est pas la seule activité que j'ai. En effet, je suis enseignante (j'entame ma 9e année à temps partiel) en Arts Appliqués depuis 1997. Je dessine, peins, modèle depuis que je sais tenir un crayon. J'ai d'ailleurs gagné plusieurs prix dans ces domaines. En 2021, j'ai ajouté une corde à mon arc puisque je confectionne désormais des couvertures de livres pour des collègues auteur.e.s. *(Quelques-unes se promènent dans les sphères livresques.)* Étudiant et enseignant le design, j'étais déjà sollicitée pour produire des logos, tracts, affiches… à travers ma micro-entreprise K2K_Design (Les Kréations de Katia ☞ *tu viens d'avoir un précieux indice sur mon identité ^^*), qui a vu le jour en 2011.

N'hésite pas à venir papoter sur les réseaux sociaux, je serais ravie d'échanger avec toi !

ENVIE DE POURSUIVRE L'AVENTURE ?

Si ce roman est parvenu à te toucher, n'hésite pas à en parler autour de toi, me laisser un petit commentaire sur ton ressenti, l'évaluer sur Amazon et les différents sites de lecture. Ton avis est précieux et contribue à faire connaître mes romans.

POUR ME JOINDRE :

Courriel : KabeeGrey@gmx.fr

Site : https://kabeegrey.wixsite.com/website

Facebook : https://www.facebook.com/KabeeGreyAuteur/

Instagram : https://www.instagram.com/kabeegrey_auteure/

À très bientôt pour la suite !